Erwin Plachetka

Wenn der Mond im Meer versinkt

AF140176

Wenn der Mond im Meer versinkt

Kurzgeschichten
und
Erzählungen

Erwin Plachetka

Bibliografische Information der Deutschen Nationalbibliothek:
Die Deutsche Nationalbibliothek verzeichnet diese Publikation
in der Deutschen Nationalbibliografie. Detaillierte bibliografische
Daten sind im Internet über dnd.dnd.de abrufbar

TWENTYSIX - Der Self-Publishing Verlag
Eine Kooperation zwischen der Verlagsgruppe Random House
und BoD - Book on Demand

© 2017 Erwin Plachetka
1. Auflage August 2017
Herstellung und Verlag
BoD - Books on Demand

ISBN 978-3-740732-00-4

Inhalt

Eine flüchtige Bekanntschaft

Die Zugbremsen quietschten. Er stand auf, nahm seinen kleinen Koffer aus dem Gepäcknetz und reihte sich in die Schlange der Aussteigenden ein. Ein Jahr war es her, dass er in dieser Stadt weilte. Der Aufenthalt hatte sein ganzes nachfolgendes Leben beeinflusst, voller Unruhe und Sehnsucht. Schuld daran war sie, diese Frau in der Kunsthalle, die wie eine Fata Morgana in sein Leben trat, seine Sinne vernebelte und ihn wie mit einem süßen Gift infizierte.

Und während er durch die Bahnhofshalle schritt, durchlebte er noch einmal die Begegnung mit ihr, als würde es gerade eben passieren. Er hatte sie durch eine Unachtsamkeit beim Betreten der Ausstellungsräume angerempelt, wobei ihr das Programmheft aus der Hand auf den Boden fiel. Er hatte nur etwas fallen bemerkt und sich instinktiv danach gebückt. Fast wären sie dabei mit den Köpfen zusammengestoßen. Erst da hatte er sie bewusst wahrgenommen und in diesem Moment, da sich ihre Blicke trafen, setzte sein Herz für einen Bruchteil einer Sekunde aus zu schlagen, sein Atem stockte und es war ihm, als würde er einen Engelchor das „Halleluja" singen hören.

Er errötete, entschuldigte sich und reichte ihr die Broschüre, obwohl ihre zarte Hand sie auch bereits ergriffen hatte. Aber er konnte nicht loslassen und sie zog am anderen Ende und lachte. Dabei bildeten sich kleine Grübchen in ihren Wangen und ihre dunklen Augen strahlten wie funkelnde Sterne. „Sie dürfen jetzt loslassen", sagte sie mit einem Lächeln.

Er stammelte noch einmal eine Entschuldigung. Sie amüsierte sich über seine Verwirrtheit und war sich sehr wohl bewusst, dass sie diese hervorgerufen hatte.

Sie betraten gemeinsam den Ausstellungsraum, blieben Seite an Seite vor den ersten Bildern stehen. Sie bewunderte die Art und Weise, wie der Maler die Lichtverhältnisse dargestellt hatte und wies auf ein paar Eigenheiten der Bilder hin. Eigentlich war er extra wegen dieser Ausstellung angereist, aber nun traten die Bilder irgendwie in den Hintergrund und diese Frau erfüllte seine ganze Aufmerksamkeit. Sie beeindruckte ihn nicht nur mit ihrem Erscheinungsbild, auch schien sie über viel Fachwissen, was Malerei betraf, zu verfügen.

Erst im zweiten Ausstellungsraum legte sich seine Befangenheit und er wurde lockerer, beteiligte sich an der Bewertung und Interpretation der Gemälde. Und als sie das Ende der Hallen erreicht hatten, wagte er es, sie zu einem Kaffee einzuladen. Zu seiner Freude willigte sie ein.

Eine bimmelnde Straßenbahn schreckte ihn aus seinen Gedanken. Ruckartig trat er einen Schritt zurück und ließ sie passieren. Sein Hotel lag dem Bahnhof schräg gegenüber. Er hatte sich ein Einzelzimmer für eine Nacht reserviert. Museums- und Stadtbesuch hatte er eingeplant. Insgeheim hatte er aber die Hoffnung, diese Frau, die ihm nicht aus den Gedanken gehen wollte, wieder zu treffen. Wie wohl er wusste, dass die Chancen dazu äußerst gering waren. Der Portier an der Rezeption überreichte ihm die Schlüsselkarte für sein Zimmer und wünschte ihm einen angenehmen Aufenthalt. Im Fahrstuhl sah er sie wieder in seinen Gedanken ihm gegenüber im Café sitzen. Er erinnerte sich an die vertraute Atmosphäre, die zwischen ihnen herrschte. Es war so, als würden sie sich schon lange kennen. Sie erzählte ihm, dass sie selbst Malerin wäre und demnächst ihre erste eigene Ausstellung habe. Dafür müsse sie aber noch viel arbeiten. Sie wolle mindestens noch zwei Bilder fertig bekommen. Drei Jahre habe sie Kunst studiert. Eigentlich wollte sie Lehrerin werden, aber das Image dieses Berufes habe sie abgeschreckt. Mittlerweile haben ja weder Eltern noch Kinder Respekt vor Lehrern. Also habe sie sich ganz der Kunst gewidmet. Aber das Leben als freischaffende Künstlerin sei hart. Kein geregeltes Einkommen, also müsse sie hin und wieder jobben, wie sie sagte, kellnern, Ladenregale befüllen. Ab und zu gebe sie in der VHS Malkurse, aber da träfe sie zu sehr auf verspinnerte Möchtegernmaler, die ihr, so sie denn einen hätte, auf den Sack gingen. Dabei lachte sie recht herzlich und er hätte sie am liebsten in seine Arme geschlossen.

Auf seinem Zimmer packte er seinen Koffer aus und machte sich frisch. Aus dem Fenster sah er auf den Bahnhofsvorplatz. Straßenbahnen und Busse fuhren unaufhörlich am Hotel vorbei. Aber das Zimmer war gut isoliert, wenig von dem Lärm da draußen drang zu ihm. Er hatte ihr lange zugehört, hing an ihren vollen, roten Lippen, bewunderte ihre strahlenden Augen und genoss ihre Begeisterung für ihren Beruf, die aus ihren Erzählungen quoll. Als sie ihn plötzlich und unvermittelt fragte, was er denn so mache, erschrak er förmlich. Was war sein Leben schon gegen das ihrige. Er war ein langweiliger Kaufmann, der sich zwar für Kunst interessierte, aber nichts besonderes darstellte. Also druckste er herum, überlegte, wie er sich interessanter machen könnte, aber auch darin war er schlecht. „So schlimm?", hörte er sie fragen, als er zu lange mit der Antwort zögerte. Er stieß ein verlegenes Lachen aus und verneinte. Er sei eben nur einfacher Kaufmann, Angestellter in einem mittelständischen Betrieb. „Das hat doch auch was", lachte sie, „ein geregeltes Einkommen, keine Sorgen, wovon man nächsten Monat die Miete, Strom und Gas bezahlt." Ja, da hatte sie recht, aber irgendwie hatte er sich sein Leben auch anders vorgestellt und er beneidete sie so ein wenig für ihr Leben. Er hatte sich schon immer den Künsten hingezogen gefühlt, besuchte Kunstausstellungen, las gerne ein Buch und war auch hin und wieder Gast einer Autorenlesung, hatte ein Abonnement für das städtische Theater seiner Kleinstadt. Oft schon hatte er sich gefragt, ob er nicht auch … Aber er wagte den Gedanken nicht zu beenden. Und nun saß sie ihm gegenüber, eine begeisterte und dazu noch bezaubernde Künstlerin, die alles das lebte, wo von er träumte. Die Straßenbahn brachte ihn dem Kunstmuseum näher. Sie hatten sich im Café so verquatscht, dass sie nicht gemerkt hatten, dass sie die letzten Gäste waren und die Kellnerin sehnsüchtig darauf wartete, in den wohlverdienten Feierabend gehen zu dürfen. Erst ein deutliches Räuspern der jungen Frau ließ sie die Situation erkennen. Seine Tischnachbarin kramte in ihrer Handtasche, zog ein Blatt Papier und einen Kugelschreiber hervor und schrieb ihre Adresse und Telefonnummer auf. „Hier", sagte sie und reichte ihm die Notiz, „wenn du – sie hatte tatsächlich das erste Mal das vertraute Du benutzt – das nächste Mal in der Stadt bist, besuch mich in meinem Atelier, ruf aber vorher an." In seinem Kopf war sofort die Suche nach einem baldigen Termin entbrannt und am liebsten wäre er gleich da geblieben und mit ihr gegangen, aber berufliche Verpflichtungen ließen das nicht zu. So hatten sie sich vor dem Kunstmuseum verabschiedet, sie hatte ihm einen Kuss auf die Wange gegeben und war dann gegangen. Er hatte ihr noch lange nachgeschaut, wäre ihr am liebsten nachgelaufen, hätte sie gerne umarmt und nicht mehr losgelassen. Erst als sie seinem Blickfeld entschwunden war, trat auch er seinen Weg zum Hotel an.

Nun stand er wieder hier, blickte in die Richtung, in der sie vom Häusermeer verschluckt wurde. Menschen strömten in die Kunsthalle, in der eine Max Liebermann Ausstellung gezeigt wurde, die auch er besuchen wollte. Als er damals im Hotel ankam und den Zettel mit ihrer Adresse und Telefonnummer aus der Tasche ziehen wollte, musste er zu seinem großen Schrecken feststellen, dass er ihn verloren hatte. Er hatte Tränen der Wut in den Augen, wäre am liebsten sofort den Weg zurückgegangen, um danach zu suchen, aber das war ein hoffnungsloses Unterfangen. Und warum hatte er sich nicht ihren Namen und ihre Anschrift eingeprägt. Er hatte nicht einmal auf den Zettel geschaut und sie hatten sich nicht mit Namen vorgestellt. Er war der Verzweiflung nahe. Wie nur konnte ihm so etwas passieren?!

Nachdem er den ersten Schock überwunden hatte, beruhigte er sich damit, dass er sie bestimmt, wenn er wieder zu Hause wäre, im Internet finden würde. Aber das bewahrheitete sich nicht. Die Frau schien nicht zu existieren und er zweifelte an seinem Verstand, glaubte bald, dass die Begegnung mit ihr nur ein Trugbild seiner Fantasie war. Und trotzdem hatte sich ihr Bild in ihm festgebrannt.

Als er den Ausstellungsraum betrat, hatte er das Gefühl, sie würde an seiner Seite stehen und ihm die Bilder erklären. Aber er war alleine im Strom der vielen Besucher. Immer wieder ertappte er sich dabei, wie er seinen Blick durch die Hallen wandern ließ, um nach ihr Ausschau zu halten. Er musste sich zusammenreißen, sich auf die Gemälde und Erläuterungen zu konzentrieren. Und doch zog es ihn unaufhaltsam zum Café, in dem er die schönsten Stunden seiner letzten Jahre verlebt hatte. Mit Herzklopfen ging er die Treppen hinunter. Wie würde er, ja, wie würde vor allem sie reagieren, wenn sie sich dort wiedertreffen würden? Angespannt blieb er vor der Glastür stehen und spähte hindurch. In der rechten Ecke war noch ein Platz frei. Sie sah er nicht. Er beeilte sich, den freien Platz zu belegen und bestellte sich einen Kaffee. Am Tisch neben ihm saß ein, aus seiner Sicht, junger Mann, der ungeduldig auf jemanden zu warten schien. Ständig reckte er seinen Kopf zur Eingangstür und sackte wieder in sich zusammen, wenn seine Hoffnung nicht erfüllt wurde. Dann aber setzte sich ein freudiges Lächeln in sein Gesicht und er stand auf, breitete seine Arme aus und nahm die von ihm erwartete Person in seine Arme.

Da brach für den Mann auf dem Eckplatz eine Welt zusammen. Er wünschte sich, im Boden zu versinken, unsichtbar und nicht hierher gekommen zu sein. Die Frau in den Armen des anderen war die von ihm Angebetete. Er wollte spontan aufstehen und fliehen, aber er war wie gelähmt und schon hörte er wie von weitem ihre Stimme, die über ein Jahr in seinen Ohren geklungen hatte. Er wagte nicht aufzublicken, er schämte sich. Wie konnte er sich Hoffnungen machen? „Hallo", beugte sie sich zu ihm, „kennen wir uns nicht?", fragte sie freudig. Er versuchte überrascht und erfreut zu tun, aber das misslang aufs Peinlichste. „Ich hatte gehofft, Sie würden sich mal melden", sagte sie. Und zu ihrem Begleiter gewandt, erklärte sie, dass das der Mann sei, von dem sie ihm mal erzählt habe, dass sie sich so nett hier im Café unterhalten hätten.

Das war dem Mann auf dem Eckplatz dann doch zu viel.

Er gab vor, es eilig zu haben, verabschiedete sich und verließ zu tiefst enttäuscht das Café.

Katzenaugen

Katzenaugen!, dachte er. Diese Frau hat Katzenaugen. Irgendwie eine Schönheit und doch flöste sie ihm Unbehagen ein. Ihre selbstsichere, fast arrogante Art, und dann diese Katzenaugen. Er fühlte sich von ihr angezogen und gleichzeitig verunsichert. Er wollte seinen Blick von ihr wenden und sie nicht weiter beachten, doch immer wieder ertappte er sich dabei, wie er zu ihr hinüberschaute und sie schweigend beobachtete. Noch hatte sie seine aufdringlichen Blicke nicht bemerkt, noch war der Beobachter unbeobachtet.

Ein offenes BMW-Cabrio rollte langsam näher, parkte in einer Parkbucht neben dem Café. Ein schwarzlockiger, gebräunter Typ in dunklem Nadelstreifenanzug stieg elegant aus und bewegte sich geschmeidig auf die Katzenaugen zu. Hartmuts Blick wanderte zwischen Frau und Mann hin und her. Er erkannte ein mattes Lächeln auf den dunkelroten Lippen der blondierten Katzenaugenträgerin. Es gab eine herzliche Begrüßung seitens des Galans mit Umarmung und Küsschen hier und Küsschen da. Widerlich, wie Hartmut fand. Dabei wäre er selbst gerne der BMW-Fahrer gewesen und hätte dieser Frau in den Armen gelegen. Aber gleichzeitig widerstrebte es ihm, der Frau zu nahe zu treten. Was geht sie dich an!, schalt er sich. Was geht dich diese fremde Frau an?! Er wollte die Kellnerin herbeiwinken und bezahlen, aufstehen, wieder an die Arbeit gehen. Aber irgendwie kam er nicht los von diesem Anblick, von dieser Beobachtung. So muss es einem Detektiven gehen, der die untreue Ehefrau eines Klienten observiert, durchzuckte es ihm. Und schon sah er in dem geschniegelten Lackaffen den heimlichen Liebhaber, der sich hier verbotener Weise in der Mittagspause mit seiner verheirateten Geliebten traf. Oder war er verheiratet und sie seine Gespielin?

Hartmut schaute zu, wie der Typ sie anhimmelte und sie in einer merkwürdigen Distanziertheit mit einem matten Lächeln, das nicht in die Katzenaugen steigen wollte, die Bewunderungen ihres Anhimmlers entgegennahm. Schon keimte Mitleid in Hartmut für seinen Geschlechtsgenossen auf. Lass es sein, wollte er ihm zurufen, die interessiert sich nicht für dich. Die liebt nur sich selbst. Aber warum trafen sie sich hier? Was war ihr Interesse an diesem Mann? Jetzt, ganz plötzlich, bohrten sich ihre Katzenaugen in Hartmuts Blick, für einen Wimpernschlag. Hartmut erschrak und er spürte Hitze in sich aufsteigen, obwohl der winzige Moment des Zusammentreffens ihrer Blicke ihn hätte zu Eis erfrieren lassen können. Verstohlen versuchte er einen erneuten Blickkontakt, aber sie widmete sich ganz ihrem Verehrer, schien ihm mit ausdrucksloser Miene etwas zu erzählen, das ihn in Verzückungen versetzte. Er gurrte wie ein brünftiger Täuberich um sie herum, setzte sich schließlich ihr gegenüber, ergriff ihre Hand, küsste und streichelte sie.

Hartmut konnte den Blick nicht von dem Paar lassen. Und wieder richteten sich die Katzenaugen auf ihn. Ihm schien, Verärgerung in ihnen zu erkennen. Plötzlich stand die blonde Frau energisch auf, ließ ihren Bewunderer sitzen und stolzierte resolut auf Hartmut zu. Dieser glotzte sie mit großen Augen an. Und eh er sich versah, schlug sie ihm ihre Handtasche um die Ohren, giftete ihn an, was er denn so glotze, drehte sich wieder um, sagte ihrem Liebhaber ein paar schnippische Worte und stöckelte in ihren hochhackigen Schuhen davon.

Abraham

Hektische Betriebsamkeit herrschte am Kai von Boulogne. Menschen liefen zusammen, starrten auf den leblosen Körper, den man aus dem öligen, dreckigen Wasser des Hafenbeckens gezogen hatte. Polizei und Krankenwagen waren mit Sirengeheul herbeigeeilt, aber zumindest der Rettungswagen hatte seinen Weg umsonst gemacht, denn für den vom Wasser aufgedunsenen Körper kam jede Hilfe zu spät.

Ich kümmerte mich nicht sonderlich um das Spektakel, das sich dort abspielte, beobachtete eher gelangweilt das bunte, aufgeregte Treiben, denn meine Konzentration galt Abraham, den ich hier nach Jahren der Trennung wiedertreffen sollte. Abraham, das war mein Freund aus früher Jugend bis hin zum jungen Mannesalter, aber er war noch mehr, er war ein Teil meines Lebens.

Sollte ich heute nachvollziehen, warum sich unsere Wege trennten, könnte ich keinen Grund sagen. Es geschah halt so. Ich war verheiratet, er zog nach England, und nachdem wir uns noch ein paar Mal trafen oder miteinander telefonierten, verloren wir uns aus den Augen. Unvorstellbar, bedachte ich, was uns verband, was wir zusammen erlebten und wie innig unsere Freundschaft gewesen war.

Trotzdem war ich verwundert, erstaunt und doch natürlich von Freude erfüllt, als er mich vor einer Woche plötzlich anrief.

„Hey", sagte er, „wie geht's, alter Kumpel. Alle Zähne noch zusammen?" Das war der alberne Schnack, mit dem wir damals die ältere Generation spöttisch zu belegen pflegten.

Ich war vor Freude sprachlos, endlich nach Jahren seine Stimme wieder zu hören.

„Hey!", rief er in den Hörer, „kennst du meine Stimme nicht mehr?"

„Doch, doch", bemühte ich mich, schnell zu antworten, „ich bin nur perplex, dich nach so langer Zeit wieder zu hören."

„Was ist, wollen wir uns treffen? Hast du Zeit?"

Er stellte mich erneut vor ein Rätsel. Da waren Jahre ins Land gegangen, ohne dass ich ein Lebenszeichen von ihm erhielt, ohne dass meine Briefe beantwortet oder meine Telefonanrufe entgegengenommen wurden, und nun innerhalb weniger Sekunden hörte ich seine Stimme und sollte ich ihn wiedersehen.

„Wo bist du? Von wo aus rufst du an?", fragte ich.

„Ach, ich bin mal wieder in good old England", antwortete er und konnte einen leichten englischen Akzent nicht verbergen.

„Wo hast du gesteckt? Warum hast du dich nicht gemeldet?"

Er lachte. „Du tust gerade so, als wären wir verheiratet. Also, was ist, wollen wir uns in Boulogne treffen?"

„In Boulogne?"

„Ja, in Boulogne. Ich komme Montag aufs Festland rüber, muss über Frankreich nach Genua."

„Was willst du denn da?"

„Darüber können wir dann sprechen. Sag mir erst zu, dass du kommst. Wir können uns am Kai an dem Zeitungskiosk treffen."

„Ich kenn mich da nicht aus."

„Du wirst das schon finden, ist nicht zu verfehlen. Also, Montag in Boulogne am Zeitungskiosk um elf Uhr. Sei pünktlich."

Es knackte in der Leitung, die Verbindung war zusammengebrochen. Mir schien das Ganze mysteriös, sehr sonderbar. Wenn ich seine Stimme nicht mit Sicherheit wiedererkannt hätte, ich hätte das alles für einen makabren Scherz gehalten. So aber stand ich nun vor der Gewissensentscheidung, dieser merkwürdigen Einladung zu folgen oder nicht. Hanna, meine Frau, riet mir ab. Der Weg sei doch viel zu weit, und wer weiß, wer sich da nicht doch einen Scherz erlaubt hätte. Außerdem sei das doch sehr sonderbar, ja fast beängstigend.

„Lass es lieber sein. Wenn er was von dir will, wird er sich schon wieder melden. Er kann ja auch herkommen, er weiß doch, wo wir wohnen."

Aber die leiseste Chance, Abraham wiederzusehen, ließ mich

die nächsten Nächte unruhig schlafen und die Tage voller zwiespältiger Gefühle durchleben. So entschloss ich mich doch, trotz aller Warnungen, die weite Strecke nach dem französischen Kanalhafen auf mich zu nehmen.

Ich sehe ihn noch heute, wie ihn unsere Lehrerin in der dritten Klasse uns vorstellte. Er war ein kleiner, schmächtiger Junge mit spiddeligen Beinen, die aus einer schwarzen, kurzen Samthose ragten, die Hosenträger konnten das viel zu große, weiße Hemd nicht enger an den Körper drücken. Seine schwarzen Haare waren wellig und mit Pomade glänzend in eine eigenwillige Form gelegt.

„Das ist Abraham", sagte Frau Weitel, „er kommt aus München zu uns, nehmt ihn gut bei euch auf." Dann wies sie ihm den freien Platz neben mir zu. Ich beäugte ihn misstrauisch, machte er mir doch einen sehr fremden Eindruck, und alles was fremd war, war verdächtig Aber kindliche Neugier trieb uns schließlich dazu, ihn auszufragen und in den Mittelpunkt unseres Interesses zu stellen. Und da er, obwohl er aus München kam, keinen bayerischen Akzent sprach, wurde er von allen sehr schnell akzeptiert.

Es war wohl unser Schicksal, dass Frau Weitel ihn damals zu mir setzte, jedenfalls erwuchs aus diesem Zufall die innigste Freundschaft, die man sich denken konnte. Wir durchliefen unseren Schulweg gemeinsam, absolvierten den Militärdienst zusammen und entschlossen uns ebenfalls für die selbe Universität, an der wir allerdings verschiedene Fachrichtungen belegten. Aber, das war für uns keine Frage, natürlich wohnten wir zusammen.

Aus dem kleinen, schmächtigen Jungen wurde ein kräftiger, großer Bursche, bei dessen Anblick die Mädchenherzen höher schlugen. Er war ein Sonnyboy, aber auch ein Bruder Leichtfuß, den ich oft bremsen musste, damit er nicht über die Strenge schlug und sein leichtfertiges Handeln später bereuen musste. Dafür war er mein Motor, ständig trieb er mich an, machte mir Mut und nahm mich mit seinem unerschöpflichen Elan in eine nie an Erlebnissen armen Zeit.

Dieses alles endete plötzlich, als er nach dem Studium eine Arbeit bei einem deutschen Konzern in London annahm. Er zog auf die Insel und hinterließ ein großes Loch an meiner Seite. Gewohnt, jemanden neben mir zu haben, der mich aktivierte, verfiel ich in eine dumpfe Lethargie, die erst Hanna wieder vertrieb. Abraham sollte unser Trauzeuge werden, aber er hatte sich nicht frei machen können. So kam er erst nach der Trauung, und damit hatten die „guten, alten Zeiten" ein Ende gefunden.

Sie trugen die Wasserleiche in einen Zinksarg und verfrachteten diesen in einen schwarzen Citroen-Lieferwagen. Die neugierigen Menschen verließen den Ort des Geschehens. Vom Kanal kommend tuckerten zwei Fischerboote in den Hafen. Es war bereits zwölf Uhr. Abraham war noch immer nicht da. Dabei konnte ich mich erinnern, dass er ein äußerst pünktlicher Mensch war, der die Unpünktlichkeit hasste. Also doch auf einen blöden Gag hereingefallen? Da hatte sich wohl jemand einen bösen Scherz mit mir erlaubt.

„Warum heißt du eigentlich Abraham?", hatte ich ihn einmal gefragt.

„Warum heißt du Holger? Weil dein Vater es so wollte. Nicht anders ist es bei mir."

„Ja, aber Abraham ... ist das nicht ein jüdischer Name?"

„Und wenn schon. Stört es dich?"

„Nein, nein, das nicht ..."

„Aber es kommt dir komisch vor, nicht wahr?"

„Ja. Ich frage mich schon lange, warum gerade Abraham? Hast du deinen Vater mal gefragt?"

„Nein, er hat es von selber erklärt."

„Und?"

„Er hatte eine eigensinnige Erklärung in seinem gläubigen Eifer. Abraham bedeutet *Vater der Menge oder des Volkes*. Ich, so glaubte mein Vater, werde eines Tages die Macht über viele Menschen haben, aber ich werde auch für meinen Glauben, was immer er damit gemeint hat, bereit sein, ein großes, mir schmerzliches Opfer zu bringen. Darum also Abraham." Ich lächelte bei diesem Gedanken. Wie sehr Eltern doch falsche Erwartungen in ihre Kinder stecken und ihren Nachwuchs dadurch drangsalieren können. Dass Abraham je Macht über andere haben sollte, war mir fremd. Er war auch nicht der Typ dazu. Und wie vermessen von einem Vater, voraussehen zu wollen, dass sein Kind eines Tages ein schmerzliches Opfer für seinen Glauben zu erbringen habe. Was war das für ein Mann? Ich lernte ihn nie kennen, und Abraham schwieg stets, wenn er vor die Frage gestellt wurde, wo denn sein Vater sei.

Am Kai herrschte jetzt nur noch das normale Treiben, die Menschenansammlung hatte sich aufgelöst. Polizei, Krankenwagen und der schwarze Transporter mit dem Zinksarg hatten den Hafen verlassen. Ich saß immer noch auf der Kaimauer neben dem Zeitungskiosk und wartete auf Abraham. Überlegungen, nun doch langsam aufzubrechen, machten sich in mir breit. Was aber, wenn er durch irgendeinen Umstand aufgehalten wurde und doch noch käme? Nein, ich war die Hunderte von Kilometern nicht gefahren, um so schnell aufzugeben.

Noch bestand die Möglichkeit, dass er die Fähre verpasst hatte und mit dem nächsten Schiff eintreffen würde. Ich schlenderte zum Fähranleger, um an einem Fahrplan abzulesen, wann die nächste Fähre ankommen sollte. Meine spärlichen Französischkenntnisse erlaubten mir, zwischen den Ankunfts- und Abfahrzeiten zu unterscheiden. Aber erst in vier Stunden sollte die nächste Fähre eintreffen. Das schien mir zu lang, hier am vereinbarten Treffpunkt auszuharren. Also ging ich zu meinem Auto zurück, überlegte mir dabei, ob ich ein Hotelzimmer mieten sollte, denn immerhin bestand ja die Möglichkeit, dass er auch mit dem nächsten Schiff nicht erscheinen würde. Und für eine umgehende Rückfahrt fühlte ich mich nicht fit genug.

Als ich mich meinem Wagen näherte, fluchte ich innerlich, als ich etwas Weißes unter einem der Scheibenwischer entdeckte. Ich war mir nicht bewusst, falsch geparkt zu haben, und doch schien die Polizei mich mit einem Strafzettel bedacht zu haben. Doch je näher ich kam, um so fragender wurde mein Blick. Das war kein Strafzettel, der da untergeklemmt war, es war ein gefalteter Briefbogen. Hastig riss ich das Papier aus seiner Befestigung, entfaltete es und las: „Haben uns wohl verpasst. Komme ins Hotel Belle Epoche in der Rue Batiston, ich erwarte dich da."

Ich schüttelte mit dem Kopf. Wenn wir uns verpasst hätten, warum wartete er dann nicht hier an meinem Auto, wenn er das schon gefunden hatte? Merkwürdig. Äußerst merkwürdig! Hanna sollte doch wohl nicht Recht behalten? Wurde hier nur ein böses Spiel mit mir getrieben? Ich ging zurück zum Hafen, weil ich dort einen Stadtplan in einem Schaukasten gesehen hatte und suchte nach der Rue Batiston. Sie lag nicht weit entfernt, war nur schwierig wegen der vielen Einbahnstraßen zu erreichen. Nach langem Gekurve konnte ich endlich mein Auto vor dem Hotel parken.

An der Rezeption stand eine etwas ältere Dame, blond, chic und mit sehr viel Würde. Ich kramte in meinem französischen Wortschatz und fragte nach einem Zimmer. Sie lächelte mich an und fragte mich, ob ich deutsch spreche. Das bejahte ich erleichtert und fragte sofort nach Abraham. Sie fragte mich nach meinem Namen und als ich ihr meinen Pass vorzeigte, nickte sie, griff nach hinten und holte aus einem Fach einen gefalteten Briefbogen hervor.

„Dann ist der für Sie", sagte sie mit einem Lächeln und reichte mir das Papier.

Noch auf der Treppe zu meinem Zimmer las ich Abrahams Zeilen und fand das Ganze nun doch mehr als merkwürdig. Ich muss gestehen, dass Wut in mir aufstieg, da ich mich von meinem Freund richtig gehend veräppelt fühlte. „Musste noch mal dringend weg. Treffen uns um 19 Uhr im Hotelrestaurant. Abraham."

Ich war drauf und dran umzukehren, das Zimmer abzubestellen, meine Reisetasche im Wagen zu verstauen und den beschwerlichen Weg zurück nach Deutschland anzutreten. Aber irgendwie brachte ich die Kraft nicht auf, hatte mit einem Male ein unsagbar müdes Gefühl, sodass ich mich in meinem Zimmer aufs Bett legte und unvermittelt einschlief.

Als ich wieder erwachte, war es bereits viertel vor sieben. Ich beeilte mich mit dem Frischmachen und Umziehen und stand pünktlich um 19 Uhr im Hotelrestaurant. Doch von Abraham war nichts zu sehen. Ich ließ mich vom Ober an einen Tisch führen und bestellte ein Glas Rotwein. Mit der Speisekarte tat ich mich schwer. Zu viel französisch ohne deutsche Übersetzung. Als auch um halb acht Abraham immer noch nicht erschienen war, bestellte ich mir etwas, von dem ich hoffte, es zu mögen. Zum dritten Glas Rotwein erhielt ich dann irgendetwas Vogelartiges, Huhn oder Pute war es nicht. Es hätte Fasan sein können, aber sicher war ich mir da nicht.

Das nächste Mal, als ich wieder auf die Uhr schaute, war es bereits halb neun. Abraham hatte mich versetzt. Ich trank noch ein Glas Rotwein, bezahlte und erkundigte mich an der Rezeption, ob eine Nachricht für mich vorläge. Aber mit Bedauern wurde dies verneint. So ging ich noch einmal nach draußen, spürte plötzlich meine vier Glas Rotwein im Kopf, machte aber trotzdem noch einen Spaziergang zum Hafen, dorthin, wohin mich Abraham bestellt hatte. Irgendwie kam es mir vor, als würde ich beobachtet, als folge mir jemand. Aber wenn ich mich zur Vergewisserung umdrehte, sah ich niemanden, fand mich ganz alleine in den Gassen.

Am Hafen herrschte dann wieder regeres Treiben. Fischerboote fuhren zum Nachtfang raus. Im Fährhafen lag eine Fähre abfahrbereit nach England. Der Kiosk, an dem ich auf Abraham gewartet hatte, war geschlossen. Keine Zeitungen mehr in ihren Ständern, keine Ansichtskarten, von denen ich Hanna eine hätte schicken können. Erst jetzt kam es mir in den Sinn, sie anzurufen. Doch als ich nach dem Handy tastete, musste ich feststellen, es in der anderen Jacke gelassen zu haben. Nun gut, dann würde ich sie eben später anrufen. Der frische Wind vom Meer durchkühlte mich und ich entschloss mich, zurück zum Hotel zu gehen. In der Rezeption saß jetzt ein alter Mann, der wohl den Nachtwächter abgeben sollte. Ich grüßte knapp und wollte die Treppe zum ersten Stock hochlaufen, aber der Alte rief mich zurück, erzählte mir viel, von dem ich nichts verstand. Erst als der Mann merkte, dass sein Bemühen vergeblich war, schrieb er eine Zahl auf einen Zettel, reichte mir diesen und zeigte zum Telefon. Nun verstand ich. Ich sollte die mir gereichte Zimmernummer anwählen.

In meinem Zimmer angekommen, nahm ich sofort das Telefon und wählte die dreistellige Nummer, die mir der Nachtwächter gereicht hatte. Es dauerte einige Zeit, bis sich eine verschlafene Stimme meldete. Ich erkannte sie nicht sofort, aber als ich mich mit Namen meldete, wurde die Stimme lebendiger und ich erkannte sie wieder.

„Mensch, was für ein Spiel treibst du hier mit mir?", fragte ich verärgert.

„Tut mir leid", antwortete Abraham gähnend, „das ist heute alles ziemlich verquer gelaufen. Können wir uns morgen früh um acht beim Frühstücken treffen? Ich bin ziemlich kaputt, brauch jetzt meinen Schlaf."

„Okay", antwortete ich zögerlich, „wenn du meinst. Aber versetz mich nicht wieder."

„Ganz bestimmt nicht. Ich erklär dir morgen dann auch alles." Und schon hatte er aufgelegt und ich stand da, mit dem Hörer am Ohr und wusste nicht, ob ich das alles hier nur träumte oder das doch die Realität war.

Hanna hatte mich mehrfach auf dem Handy angerufen und war ebenfalls bereits sehr genervt. So stand unser Gespräch unter keiner günstigen Voraussetzung, zumal sie sich dann auch noch dazu hinreißen ließ, rechthaberisch mir Vorhaltungen zu machen, von wegen lange Reise, Arbeit vernachlässigen und das alles nur wegen eines unzuverlässigen, ehemaligen Freundes. Irgendwie hatte sie ja Recht, aber ich wollte mir das jetzt nicht anhören und beendete meinerseits das Gespräch mit der faulen Ausrede, der Akku sei leer.

Trotz meiner Müdigkeit konnte ich nicht schlafen. Immer wieder fragte ich mich, was das alles solle? Wieso versetzte er mich ständig, wenn er es doch war, der ein Treffen hier vorgeschlagen hatte? Sein Verhalten war mir mehr als rätselhaft. Über all dem Grübeln war ich dann doch eingeschlafen und wurde erst wieder morgens durch das Geschnarre meines Weckers geweckt.

Schon auf der Treppe zum Frühstücksraum kam mir die Anwesenheit der vielen Polizisten merkwürdig vor. Und als der Alte hinter der Rezeption aufgeregt auf mich zeigte, bekam ich einen Anflug von Panik, der, wie sich herausstellen sollte, nicht unbegründet war. Denn kaum hatte ich die letzte der Stufen verlassen, stürzten sich auch schon mehrere Uniformträger auf mich, und ehe ich mich versah, waren meine Hände auf dem Rücken mit Handschellen gefesselt. Ein Redeschwall französischer Stimmen prasselte auf mich ein, bis ein mittelgroßer Mann mit schwarzen Haaren, Schnurrbart und einem grauen Anzug durch sein energisches Auftreten für Ruhe sorgte. Er baute sich vor mir auf, obwohl ich ihn um einen halben Kopf überragte, und fragte mich mit französischem Akzent auf Deutsch nach meinem Namen. Ich gab ihm die gewünschte Auskunft, wollte meinerseits fragen, was das Theater hier solle, aber er gebot mir mit einem Handzeichen zu schweigen. Dann führte er mich mit einem der Uniformierten schweigend in eines der Zimmer im Parterre. Auf dem weiß bezogenen Bett lag ein lebloser männlicher Körper. Sein Kopf war zur Seite geneigt. Als ich neben dem Bett stand, sah ich das hässliche kleine Loch in seiner Stirn, aus dem ein feiner Faden Blut gelaufen war. Natürlich schoss es mir sofort in den Kopf, Abraham hier vorzufinden. Aber dieser Mann hatte zwar Ähnlichkeiten mit ihm, doch war ich mir nicht sicher. Und je mehr ich mir diesen Toten ansah, um so sicherer wurde ich: Das hier war nicht Abraham, also konnte ich die Frage, ob ich den Mann hier kenne, wahrheitsgemäß verneinen.

Wie nicht anders zu erwarten, glaubte man mir nicht. Man

führte mich ab und erst nach endlosen Verhören kam auch die Polizei zu dem Ergebnis, das ich unschuldig war.

Im Hotel stand wieder die nette Dame an der Rezeption. Sie entschuldigte sich überschwänglich für die Unannehmlichkeiten, die ich vor allem auch durch die voreiligen Beschuldigungen des Nachtwächters zu erleiden hatte. Dann überreichte sie mir wieder einen gefalteten Briefbogen, den ich schon nicht mehr entgegennehmen wollte. So steckte ich ihn widerwillig in meine Jackentasche, bezahlte die Übernachtung und ließ mir meine Reisetasche überreichen, die man samt meiner Habschaft aus dem Zimmer entfernt hatte. Als ich das Hotel verlassen wollte, fiel mein Blick auf eine Zeitung, die auf dem Tresen der Rezeption lag. Das Titelbild zeigte den Toten aus dem Meer. Ich erschrak. Auch wenn das Bild unscharf einen aufgedunsenen Ertrunkenen zeigte, so meinte ich doch eine gewisse Ähnlichkeit zu Abraham zu erkennen. Aber das konnte ja nicht sein. Wer hätte mir sonst die vielen Notizen schreiben sollen?

Darum verwischte ich den Gedanken schnell und hatte es eilig, zu meinem Auto zu gelangen. Erst als ich Boulogne verlassen hatte, hielt ich auf einem Rastplatz, entfaltete den Briefbogen und las, was mir Abraham, oder wer immer der Briefeschreiber war, geschrieben hatte.

„Tut mir furchtbar Leid, dass das alles so in die Hose ging. Aber ich muss dringend weiter. Vielleicht ergibt sich ja noch mal die Gelegenheit. Gruß an Hanna. Abraham."

Ich schmiss das Papier in einen Papierkorb, setzte mich ins Auto und fuhr weiter. Hanna hatte wohl doch Recht.

Und Abraham? Von ihm habe ich nie wieder etwas gehört oder gesehen.

Zwei Kerle und ein Elch

Er hatte es erst nicht wahrhaben wollen, doch sie hatte ihm klipp und klar verdeutlicht, dass seine Zeit abgelaufen war. Sie erwarte mehr vom Leben als Küche, Kinder, Fernsehen. Sie wolle sich entfalten, das Leben genießen. Er habe ihr da nichts mehr zu bieten.

Das war deutlich genug. Er verkroch sich, sammelte seine wenigen Sachen zusammen und verließ die gemeinsame Wohnung. Wieso eigentlich? Es war doch auch seine Wohnung, er hatte sie schließlich bezahlt! Das wurde ihm aber erst bewusst, als er auf der Straße stand, seine abgewetzte Reisetasche in der Hand. Der Wind blies kalt um die Häuserecken. Er zögerte. Sollte er nicht doch zurück und sie aus der Wohnung schmeißen? Doch dann verließ ihn der Mut. Er trollte ziellos durch die Straßen, Wehmut im Herzen. Er hätte heulen können.

Irgendwann wurde es ihm dann zu kalt und er betrat ein kleines, schmieriges Hotel in einer der Seitenstraßen, nahm sich ein Zimmer und brachte seine Tasche nach oben in den ersten Stock, wo er übernachten sollte. Tapeten und Möbel aus den Fünfzigern und auch die Sauberkeit ließ zu wünschen übrig. Aber was wollte er sich beklagen? Zumindest die Heizung funktionierte. Doch nachdem er eine Stunde trostlos auf der Bettkante gesessen hatte, überkam ihn die Wut und er konnte nicht mehr in diesem Zimmer vor sich hinstarren. Er zog seinen Wintermantel, den er sich vor zehn Jahren gekauft hatte, wieder an und strebte nach draußen auf die Straße. An der Kreuzung blinkte die Ampel ständig Gelb. Der Wind spielte mit Plastiktüten, blies sie auf, jagte sie in die Höhe und ließ sie in sich zusammenfallend wieder zum Boden taumeln, um sie dann wieder zu erfassen und durch die Häuserschlucht zu blasen.

Am Südhafen hatte noch eine Bar geöffnet. Er betrat das Etablissement. Wärme, Mief und Qualm schlugen ihm entgegen. An der Theke saß ein einzelner Mann in sich zusammengesunken. Hinter dem Tresen wischte eine üppige Dame mit schwarz gefärbten Haaren mit einem karierten Handtuch ein Bierglas ab. Er setzte sich an die Theke, bestellte ein Bier und einen Cognac. Die Bedienung ließ ohne ein Wort Glas und Handtuch sinken, griff hinter sich nach der Cognac-Flasche und schenkte ihm ein Glas ein. Dann zapfte sie ihm ein Bier, ohne ihren Blick von ihm zu lassen. Er kippte den Cognac in sich hinein und bestellte einen zweiten. Sein Nebenmann erwachte aus seiner Dämmerung, schaute ihn aus glasigen Augen an. „Ich auch", gab er von sich und straffte seinen Körper. „Mauri Virtanen", sagte er und streckte ihm die Hand entgegen. „Lasse Pellonen", erwiderte der. Die Männer prosteten sich zu. So folgte Cognac auf Cognac und Bier auf Bier, Cognac auf Bier und Bier auf Cognac.

Mauri Virtanen schütte sein Herz aus. Er sei in die Stadt gekommen, um seine Firma zu retten, die vor dem Konkurs stehe und nebenbei wollte er seine Geliebte besuchen, um sich ein wenig abreagieren zu können. Aber beides sei schiefgelaufen. Die Bank habe ihm den Kredit verweigert und seine Geliebte habe er in der von ihm gemieteten Wohnung mit einem anderen Kerl im Bett erwischt. Und zu allem Unglück habe ihn seine Frau angerufen und ihm mitgeteilt, dass sie keine Lust mehr habe, ihm die schmutzige Wäsche zu waschen und die herumliegenden Sachen nachzuräumen. Er solle sich nach einer anderen Wohngelegenheit umsehen, sie wolle ihn auf keinen Fall wiedersehen und werde die Scheidung einreichen.

„Die Weiber sind doch alle gleich, verdammt noch mal!", schimpfte Lasse Pellonen und erzählte von seinem Unglück. Das trieb die Trinkfreude noch einmal in die Höhe. Schließlich lagen sich beide Männer in den Armen, heulten und bekräftigten, dass es zwischen Männern doch noch echte Freundschaft gäbe und man sich gegen das Diktat des Matriarchats wehren müsse. Verflucht noch mal, in was für einer Zeit lebten sie denn überhaupt, dass die Weiber mit den Männern umspränge, als hätten sie das Sagen. Es würde endlich Zeit, verlorenes

Terrain zurückzuerobern und diese … (hier fiel ein Wort, das an dieser Stelle nicht abgedruckt werden kann) in ihre Schranken zu weisen.

Das war der Bardame dann doch zu viel. Sie verlangte, die Zeche zu bezahlen, und verwies die palavernde Männerbrut auf die Straße. Die wollte sich noch mit breiter Brust dagegen wehren, aber als sie der Dame in ihrer ganzen Üppigkeit gegenüberstanden, kniffen sie den Schwanz ein und trollten sich nach draußen. Dort übergossen sie die in der Bar verbliebene Frau mit all den schlimmen Schimpfwörtern, die so ein gestandenes Mannsbild nun mal drauf hat.

Danach war guter Rat teuer. Mauri Virtanen hatte sich um kein Hotelzimmer gekümmert und weit und breit schien keine Bar mehr geöffnet zu haben. Lasse Pellonen wusste jedoch, dass im Untergeschoss des Bahnhofes Läden durchgehend geöffnet hätten. Allerdings sei der Alko bedauerlicherweise nicht davon betroffen. Aber ein Bier, Wurst und Brot würde man in einem der Läden sicherlich bekommen. Also torkelten sie, sich gegenseitig stützend, los.

Die Straßen wirkten wie ausgestorben. Nur die Ampeln blinkten unaufhörlich Gelb und der Wind heulte sein klagendes Lied. Plötzlich erstarrten die Männer. Sie schüttelten sich. Hatten sie schon zu viel getrunken, dass ihnen Halluzinationen Trugbilder vorgaukelten? Mitten auf der Kreuzung stand ein prächtiger Elch mit einem mächtigen Geweih, in dessen Schaufeln sich ein Busch verfangen hatte. Die Männer verharrten. Mauri Virtanen flüsterte, dass er es bedaure, sein Gewehr nicht dabei zu haben. Diesen kapitalen Burschen hätte er gerne erlegt. Dagegen schlotterten Lasse Pellonen die Knie. Er traute dem Burschen nicht. Wenn der auf sie zustürmen würde, wären sie hoffnungslos verloren. Der böse, blutrünstige Blick dieses Waldtieres prophezeite nichts Gutes. Am liebsten wäre er davongelaufen, aber er befürchtete, dass das ein Signal für das Tier sein könne, ihn zu verfolgen. Und zu seinem größten Erschrecken musste er nun mit ansehen, wie sich sein Saufkumpan mit einem bedepperten Lächeln auf den Lippen auf den Elch zubewegte, ihm wie bei einem Hund die Hand entgegenhielt, lockende Geräusche machte. Wollte er das Urviech wirklich bändigen?

Die Augen des Tieres schienen aus Feuerglut zu funkeln. Oder waren es die Ampeln, die sich darin widerspiegelten? Jedenfalls verstand dieser Koloss die Annäherungsversuche des zweibeinigen Mannes als Bedrohung, senkte den Kopf und stürmte los. Lasse Pellonen blieb wie erstarrt stehen, konnte sich nicht vom Fleck bewegen und musste mit offenem Mund mit ansehen, wie sein Kumpel auf die Schaufeln genommen und durch die Luft gewirbelt wurde. Jetzt verlangsamte sich alles wie in Zeitlupe. Plastiktüten begleiteten die unfreiwillige Flugübung des Bankrotteurs, der Busch aus dem Geweih des Elches schwebte über Mauri Virtanen, das Elen galoppierte mit mächtig ausholendem Geläuf davon, die rudernden Arme des schwebenden Mannes konnten den harten Aufprall auf das Straßenpflaster nicht verhindern.

Als Mauri Virtanen auf den Straßenbelag aufschlug, kam Lasse Pellonen zu sich. Er torkelte zu seinem Kameraden, beugte sich zu ihm runter und tätschelte ihm die Wange. Das konnte der Mann nicht überlebt haben und Lasse dachte schon daran, wie er der Witwe beibringen würde, dass sie nun eine solche sei. Aber gleichwohl kam ihm in den Sinn, dass ihr das Ableben ihres Mannes doch recht gut in den Kram passte. Ersparte es ihr doch verdammt viel Ärger, wegen der Scheidung und so. Doch plötzlich kam wieder Leben in den am Boden Liegenden. Mühsam rappelte er sich hoch, setzte sich auf seine vier Buchstaben und hielt sich den Kopf. „Man", stöhnte er, „der letzte Drink muss es aber in sich gehabt haben", schüttelte sich, kam mit Hilfe seines Freundes auf die Beine und verlangte nach einem Bier.

Damit war mal wieder bewiesen, dass Kinder und Besoffene einen riesigen Schutzengel haben.

Jagdfieber

Ich weiß, Sie werden mir die Geschichte nicht glauben. Aber ich versichere Ihnen, sie hat sich tatsächlich so abgespielt. Nun, vielleicht sollte ich vorausschicken, dass ich ein ausgesprochener Tierliebhaber bin. Zwei Hunde leben in unserer Hausgemeinschaft und unsere Nachbarn beteuern, dass sie, sollten sie noch einmal auf die Welt kommen, dann als Hunde bei den Werths. Ich verabscheue Gewalt gegen Tiere und wünsche jedem Tierquäler ein qualvolles Ende. Ich habe mal in so einer komischen Firma in Oldenburg gearbeitet, deren Firmengelände in der Nähe des dortigen Schlachthofes lag. Von morgens bis abends musste ich mir das angsterfüllte Gequieke der zu schlachtenden Schweine anhören. Ich kann Ihnen sagen, das hat mich seelisch fertiggemacht.

Jetzt sollte ich aber langsam zur Sache kommen. Also, meine Frau und ich gingen wie jeden Tag mit unseren verwöhnten Prinzen über die nahegelegnen Felder, damit sich unsere Vierbeiner austoben konnten. Nun ist das eine etwas hügelige und mit ein paar kleinen Wäldchen bewachsene Landschaft. Man kann also nicht wie sonst bei uns in Norddeutschland üblich schon morgens sehen, wer abends zu Besuch kommt. Insofern sahen wir uns urplötzlich und zu unserem großen Schrecken einer Horde blutrünstiger Jäger gegenüber, die eine Reihe gebildet hatten und das dort lebende Wild vor sich hertrieb. Kein Warnschild und keine Wache, die ahnungslose Spaziergänger vorher gewarnt hätten. Ich kann Ihnen sagen, ich war ganz schön sauer. Nicht auszudenken, unsere Hunde wären diesen Mördern vor die Flinte geraten. Wenn denen etwas passiert wäre, ich glaube, ich hätte die alle platt gemacht. Entsprechend war unsere Reaktion. Meine Frau war außer sich und trieb mich in meiner Erregtheit noch kräftig in die Höhe. Na, diesen Grünröcken haben wir aber den Marsch geblasen. Nur, glauben Sie, denen hätte das etwas ausgemacht? Nein, im Gegenteil, ausgelacht haben die uns. Na, hab ich mir gedacht, euch werde ich es zeigen.

Und wie der Teufel das will, kaum waren wir oben auf dem Hügel angekommen, da hoppelt uns ein Hase, der den Jägern entkommen war, entgegen. Meine Jungs witterten leichte Beute, aber ich machte ihnen klar, dass wir eine friedliebende Familie sind, die keiner Kreatur ein Leid antut. Das haben die dann auch verstanden und blieben brav an unserer Seite. Nun, ich dachte mir, wenn der Hase uns und unsere Hunde wittert, dann nimmt der Reißaus. Aber mitnichten. Der kam geradewegs weiter auf uns zu, blieb vor uns sitzen und hob die rechte Vorderpfote zum Gruße. „Hallo", sagte er, „tut mir Leid, wenn ich euch aufhalte, aber wir brauchen eure Hilfe."

Sie können sich denken, wie verdattert wir dreingeblickt haben. Auch Bernd und Holger, unsere beiden Cockerspanielrüden, blickten uns verwundert an. Ich musste mich erst einmal umsehen und vergewissern, dass nicht irgend jemand uns beobachtete, bevor ich anfing, mit einem Hasen zu reden. „Was gibt's, Meister Lampe?", fragte ich etwas verunsichert.

„Ihr habt gesehen, wie diese Grünkittel auf mich und meine Genossen geschossen haben und dabei viele aus unseren Familien gerissen haben", antwortete das Pelztier und legte eine Pfote über die Augen, weil die Sonne es blendete.

„Ja, äußerst übel", sagte ich, „aber wie können wir helfen?"

„Nun, der Rat der Feld- und Wiesenkreaturen hat beschlossen, dass wir uns wehren wollen", führte der abkommandierte Bote aus, „und euch haben wir hier als tierliebe Menschen kennengelernt, so dass ihr auserkoren wurdet, uns beizustehen."

Ich konnte mir ein leichtes Grinsen nicht verkneifen. Zu komisch diese Situation. Da stand ich hier zwischen den Feldern und unterhielt mich mit einem Hasen, den ich bei dessem Aufstand gegen meine Artgenossen helfen sollte.

„Und wie habt ihr euch gedacht, dass wir euch helfen können?", fragte ich schmunzelnd.

„Wir wollen uns bewaffnen", sagte der Hase resolut. „Ab morgen soll zurückgeschossen werden!"

Jetzt musste ich wirklich lachen, während meiner Frau die Kinnlade herunterfiel und sie vor Erstaunen den Mund nicht mehr zubekam, wo sie doch sonst nicht auf den Mund gefallen war. Wobei mir dann aber doch sehr schnell das Lachen verging, denn schon einmal wurde ab einem frühen Morgen zurückgeschossen. Und was daraus wurde, weiß man ja nur zu genau.

„Puh", sagte ich, nahm mein Capi ab und kratzte mich am Kopf, „also das ist aber jetzt ..."

„So kann es nicht weitergehen", unterbrach mich der Hase in bestimmtem Ton, „wir wollen uns nicht wehrlos abschlachten lassen. Ihr habt doch selbst gesehen, wie ungleich der Kampf ist. Die Grünröcke jagen uns ihre Schrotkugeln in den Pelz und wir haben keine Möglichkeit, uns zu wehren. Schlachtvieh sind wir, vollkommen ihrer Willkür ausgesetzt."

„Ja, aber wie habt ihr euch das vorgestellt? Ihr seid nicht geeignet, Waffen zu tragen und damit umzugehen", warf ich ein.

„Das soll nicht euer Problem sein", wehrte der Hase ab, „als Tierfreund seid ihr geradezu verpflichtet, uns zu helfen und für einen fairen Gleichstand zu sorgen. Wir appellieren an euer Gewissen. Ihr müsst uns helfen."

Meine Frau sah mich an und ich wusste, was kommen würde. Als überzeugte Vegetarierin musste sie sich natürlich sofort auf die andere Seite begeben und für die Rechte der Wald- und Feldtiere eintreten. „Was braucht ihr?", fragte sie bestimmt, ohne die Konsequenzen zu bedenken. Da verschlug es mir zunächst die Sprache, denn ich wollte doch erst einmal die Probleme, die sich mit einer Bewaffnung der Tiere ergaben, durchdiskutieren.

„Kurze Feuerwaffen, keine Langwaffen", antwortete der Hase, noch bevor ich einschreiten konnte.

„Wie viele?", fragte meine Frau und befahl unseren Vierbeinern ruhig, sitzen zu bleiben.

„So viel wie irgend möglich", sagte der Hase.

„Moment mal", hatte ich meine Sprache wiedergefunden, „so geht das nicht ..."

„Du hältst dich da jetzt mal raus!", befahl mir meine Frau,

woraufhin ich von Natur aus verstumme.

Und nun musste ich mit anhören, wie der Hase und meine Frau das Waffengeschäft perfekt machten und mit einem Hand-Pfotenschlag besiegelten. Meine Frau eine Waffenschieberin, ich konnte es nicht fassen. Wo wollte sie das Zeug bloß herholen? Und wie finanzieren? Denn von Geld war in ihrer Verhandlung keine Rede.

Als wir schließlich weitergingen und der Hase seiner Wege hoppelte, fand ich endlich wieder den Mut, meine Frau zu fragen, ob sie sich bewusst wäre, auf was sie sich da eingelassen hätte. Aber sie wiegelte ab und sagte, das solle ich man ruhig ihr überlassen. Das tat ich dann auch. Und in den nächsten Wochen sah ich meine Frau dann nur noch selten. Denn alles, was nicht niet- und nagelfest war, verhökerte sie auf Flohmärkten – für den Tierschutz. Wenn die Leute wüssten, welche Art Tierschutz damit gemeint war! Dann war meine Frau für ein paar Tage verreist, das kam sonst nie vor. Mir schwante Böses. Denn sie wollte mir nicht verraten, wohin sie die Reise führte.

Währenddessen ging ich fleißig mit meinen Hunden wieder über Feld und Wiesen spazieren. Weder Hase noch Jäger ließen sich sehen. Das änderte sich, als meine Frau wieder an meiner Seite die Wege beschritt und einen merkwürdig ausgebeulten Jutesack mit sich führte. Da tauchten sie plötzlich aus ihren Löchern auf und standen vor uns. Der Hase von damals trat aus der Gruppe hervor und kam auf uns zu. Wieder begrüßte er uns mit erhobener Pfote und wandte sich an meine Frau. Mich schien er vollkommen zu ignorieren. Meine Frau überreichte ihm den Jutesack, wieder wurde das Geschäft, das ja ziemlich einseitig war, per Hand und Pfote besiegelt, und schon machte sich die Gruppe der wehrwilligen Feld- und Wiesenbewohner mit dem gefüllten Jutesack davon.

Ich kann Ihnen sagen, da hatte ich kein gutes Gefühl. Klar, ich fand es nicht gut, dass die Jäger diese armen Kreaturen abknallten, obwohl ich doch auch hin und wieder ganz gerne einen Hasen- oder Rehbraten esse, aber was sollte nun werden, wenn die ungeübt zurückballerten?

Mensch, Mensch, Mensch, auf was hatten wir uns da bloß eingelassen! Ich wagte nichts zu sagen, denn meine Frau würde mir eh gleich über den Mund fahren. Aber meinen Hunden sah ich an, dass auch ihnen der Hintern so ziemlich auf Grundeis ging.

Die nächsten Wochen herrschte friedliche Ruhe. Nichts war von Hasen, Rehen und Jägern zu sehen. Die Schonzeit kam und es war bis dahin kein Schuss gefallen. Schon hatte ich diese ganze Angelegenheit vergessen, dachte nicht mehr an Hasen und Jäger, erfreute mich der schönen und mitunter auch recht rauen Natur, bis – ja, bis die nächste Jagdsaison begann. Ich kann Ihnen sagen, als ich schon an der Straße das Warnschild sah „Treibjagd", da sträubten sich mir die Nacken-haare und kalter Schweiß lief meinen Rücken hinunter. Ich wollte umkehren und meine Familie in Sicherheit bringen, aber ich wurde von meiner Chefin überstimmt. Sie wollte sich das Schauspiel nicht entgehen lassen.

Als wir auf unserem Stammplatz den Wagen parkten und die Hecktür öffneten, um unsere verwöhnten Vierbeiner rauszu-lassen, fiel der erste Schuss. Horst sprang sofort in seinen Käfig zurück, legte die Ohren an und war nicht mehr zu bewegen, das Auto zu verlassen. Schon krachte der zweite Schuss. Und nun hörten wir, wie aus verschiedenen Rich-tungen geschossen wurde. Ich befürchtete, ins Kreuzfeuer zu geraten, und bedrängte meine Frau, doch lieber den Wagen zu besteigen und diesen Kriegsschauplatz zu verlassen. Da rannte auch schon der erste Jäger Panik erfüllt an uns vorbei, schrie uns etwas zu, das ich nicht verstand, wedelte mit den Armen und konnte nicht schnell genug Richtung Landstraße kommen.

Auf dem Gesicht meiner Frau bemerkte ich ein zufriedenes Lächeln, das mir gar nicht gefiel. Und nun lief eine ganze Horde aufgescheuchter Jäger an uns vorbei, forderte uns auf, so schnell wie möglich Reißaus zu nehmen. Da aber konnte auch ich mir ein Schmunzeln nicht verkneifen. Was waren das doch für Angsthasen! So lange sie alleine bewaffnet waren, waren sie obenauf, fühlten sich wie die starken, unbesiegbaren Helden, nun aber, wo sich ihre Opfer wehrten, da hatten sie die Hosen voll und rannten von dannen. Ich nahm meine Frau in den Arm, lächelte ihr vielsagend zu und kutschierte meine Familie an einen sichereren Ort, wo wir in Ruhe spazieren gehen konnten.

Nun, ich war froh, am nächsten Tag in der Zeitung zu lesen, dass es seitens der Jäger keine Verluste gegeben hatte. Über Verluste auf der Gegenseite wurde nicht berichtet. Seitdem scheint uns aber, dass die Grünkittel unsere gewohnten Wege mieden und wir in allem Frieden dort unsere Hunde ausführen können. Hin und wieder lacht uns von Weitem ein Hase zu, hebt die Pfote zum Gruß und verschwindet dann wieder.

Der Elefantentritt

Kasimier versichert, dass die Geschichte, die er nun zum Besten gibt, sich tatsächlich so ereignet hat und kein Produkt seiner grenzenlosen Phantasie ist.

Da hat vor geraumer Zeit der Freund eines Freundes unter großen Mühen und Entbehrungen sich ein nagelneues Auto mit vielem Schnickschnack gekauft. In der Euphorie des Neuen lud er nun die Familie ein, eine Abenteuerreise durch einen Safaripark zu machen. Gesagt, getan, die Kinder wurden auf den Rücksitz verfrachtet, die Stimmung war blendend. Im Safaripark lief auch alles zur Zufriedenheit, bis ein großer, mächtiger Elefant seinen Rüssel durch das geöffnete hintere Seitenfenster steckte und die Kinder vor Angst den elektrischen Fensterheber betätigten. Der Rüssel des Elefanten wurde eingeklemmt, worauf dieser in Panik geriet und mehrfach mit aller Kraft gegen das neue Fahrzeug trat. Die Bescherung kann man sich vorstellen. Der Stolz der Familie sah arg ramponiert aus.

Damit war die Geschichte aber noch nicht beendet. Zuhause angekommen, musste der Freund des Freundes von Kasimier seinen Kummer im Alkohol ertränken. Als er am nächsten Morgen zur Arbeit fuhr, geriet er in eine Verkehrskontrolle. Der Polizist besah sich das beschädigte Auto und fragte nach der Ursache.

„Das war ein Elefant", sagte der Betroffene, woraufhin er zum Alkoholtest aufgefordert wurde.

Das Ergebnis war fatal. Was soll Kasimier noch sagen, sechs Monate haben sie dem Freund des Freundes den Führerschein weggenommen und neben der teuren Reparatur knöpfte der Richter ihm auch noch ein erquickliches Sümmchen ab.

Kasimier weiß nicht, ob er über diese Tragik nun lachen oder weinen soll.

Ausrangiert

Als Norbert Bäcker das Werksgelände verließ, schlug die nahe Kirchturmuhr gerade zum zwölften Mal. Er blickte auf die Straße, wusste nicht, welchen Weg er einschlagen sollte. Er erinnerte sich plötzlich an den Western „High noon", „Zwölf Uhr mittags", den er mit seinem Vater als Jugendlicher im Kino gesehen hatte. Dabei hatten sie ihm gerade da drinnen gesagt, dass sie ihn nicht mehr brauchen. Er könne seinen Arbeitsplatz räumen und nach Hause gehen. Und das nach über vierzig Jahren, in denen er sich für diesen Betrieb den Rücken krumm gearbeitet hatte. Und nun, so ganz plötzlich, ohne Vorankündigung, war er einfach überflüssig, lästig. Eigentlich hätte er mit der Faust auf den Tisch hauen sollen oder noch besser diesem Schnösel von Personalchef auf die Nase. Aber er war wie gelähmt, erlebte das alles, als würde er neben sich stehen. Der Hals war ihm zugeschnürt, er konnte sich nicht wehren, nicht kämpfen, so wie er es immer für die Firma getan hatte. Gegen die Tränen hatte er kämpfen müssen. Diese grenzenlose Ohnmacht, die ihn erfasste, zu wissen, dass jedes Wort, das er sagen würde, vergebens war.
Umstrukturierung, Verschlankung, Freisetzung – das waren die Schlagworte, die ihm die Sprache verschlugen. Was wusste dieser junge Lackaffe schon von diesem Betrieb! Universitätswissen wollte er in die Praxis umsetzen, die Firma zukunftssicher machen und sich von alten Zöpfen trennen. Von alten Zöpfen wie ihm, die einmal die Säulen und Seelen des Unternehmens gewesen waren. Was würde der alte Hansen sagen, wenn er erleben würde, wie heute mit seinem Nachlass umgegangen wurde! Ja, der alte Hansen, das war noch

ein Chef. Der stand zu seinen Mitarbeitern. Kannte und schätzte jeden einzelnen. Der wusste, auf wen er sich verlassen konnte und wer zu ihm hielt. Auch in schweren Zeiten. Gerade da hatten sie zusammengehalten. Hatten auf Teile ihres Einkommens verzichtet, um dem Gesamten ein Überleben zu ermöglichen. Aber es wurde ihnen dann in besseren Zeiten auch zurückgezahlt. Und heute? Da wurde ihnen zwar auch der Lohn gekürzt, aber dankbar zeigte sich dafür keiner. Im Gegenteil, während die Belegschaft kleine Brötchen backte, bestellte der neue Chef sich erst einmal futuristische Büromöbel vom Designer und eine Nobelkarosse vom Feinsten. Oben wurde geprasst, unten gestrichen, das war der neue Führungsstil. Und Menschen wie Norbert Bäcker standen denen nur im Wege, hatten keine Ahnung, wie man so einen modernen Betrieb führte. Aber kaum hatten diese Reformer sich ausgetobt und den Laden fast in den Ruin getrieben, da steckten sie die dicke Abfindung ein und waren auf Nimmerwiedersehen verschwunden. Und wer musste die Suppe auslöffeln?

„Hey, Nobbi", rief ihm der Pförtner zu, „weißt nicht mehr, wo's nach Hause geht?"

Norbert Bäcker sah sich mit glasigen Augen um, winkte dem Wachmann zu und ging ein paar Schritte. Aber wusste er wirklich nicht mehr, wo sein Weg lang ging? Nach Hause? Was sollte er um diese Zeit schon zu Hause? Seine Inge würde nur erschrecken und sich um seine Gesundheit Sorgen machen. Und konnte er ihr überhaupt sagen, dass er von nun an morgens das Haus nicht mehr verlassen müsste, dass er bis an das Ende seiner Tage zu Hause bleiben sollte? Dabei fühlte er sich doch noch lange nicht zum alten Eisen gehörig. Nein, er, Norbert Bäcker, war mit seinen 58 Jahren noch voller

Elan und Tatendrang. Hier in der Firma, das war sein zweites Zuhause. Auch hier hatte er eine Familie: die Kollegen. Wer aber war denn überhaupt noch von den alten Haudegen da? Er überlegte, starrte zum Himmel, an dem in rascher Folge dunkle Wolken vorüberzogen. Viele Kollegen waren nicht mehr geblieben. Waren schon vor ihm aus gesundheitlichen oder anderen Gründen ausgeschieden. Hatten sich kaputtmalocht. Aber die hatten genau wie er noch gewusst, wofür sie gerackert hatten. In der geschlossenen Kneipe da drüben, dachte er, da haben wir unser Feierabendbier getrunken. Hin und wieder war auch der alte Hansen zu ihnen gestoßen. Und wenn sie wieder mal eine Sonderschicht gefahren hatten, um einen Auftrag fristgerecht zu erledigen, dann hatte der Chef auch schon mal eine Runde geschmissen. Die Fuzzis von heute waren doch keine Menschen mehr. Die kannten nur sich, sich, sich und vielleicht noch die Dividende der Aktionäre. Und von Runde schmeißen hatten die schon gar keine Ahnung. Die kannten höchstens Rausschmeißen zur Gewinnmaximierung.

In Norbert Bäcker brannte es. Zweiundvierzig Jahre hämmerte es in ihm, zweiundvierzig Jahre. Zum Arbeitsamt – oder wie es trügerisch modern heute hieß: Agentur für Arbeit – solle er gehen, sich rechtzeitig arbeitslos melden. Zwei Monate würden sie ihm noch seinen Lohn überweisen, danach würde er von der Firma nichts mehr bekommen. Eine kleine Abfindung hatten sie ihm noch zugestanden, aber im Vergleich zu dem, was diese unfähigen Manager kassierten, war das doch nur ein winziges Trostpflaster. Er, Norbert Bäcker, würde in seinem Alter doch keinen Job mehr finden. So hatten sie ihn auch trösten wollen, dass er in zwei Jahren doch das geruhsame Leben eines Rentners genießen könne. Dass das nur unter Abzug von achtzehn Prozent seiner kärglichen Rente möglich war, erwähnten sie nur im Nebensatz. Doch er wollte noch nicht in Rente. Er wollte noch arbeiten, Tag für Tag, Schicht für Schicht: morgens das Pausenbrot und den Henkelmann eingepackt, auf dem Weg zur Arbeit mit den Kollegen über Fußball oder Politik philosophieren, tagsüber schaffen und abends zufrieden nach Hause, den Feierabend genießen. Und nun sollte das ganze Leben nur noch aus Feierabend bestehen? Nein, das konnte es nicht sein. Er drehte sich um, ging zurück auf das Betriebsgelände, aber Hans, der Pförtner, hielt ihn auf.

„Mensch, Nobbi", sagte er und legte ihm kameradschaftlich die Hand auf die Schulter, „ist Schicht. Da drinnen brauchen sie dich nicht mehr. Genauso wie mich. Haben mich doch auch hierher abgeschoben. Wir Alten sind für die doch nur noch die Schildkröten, die sie in ihrem Schaffensdrang behindern. Geh nach Hause, Nobbi, geh zu deiner Inge."

Er drehte Norbert Bäcker zur Straße und schaute ihm wehmütig hinterher, wie dieser hängenden Kopfes davon schlurfte.

Das erste Stück Kuchen

Hauptkommissar Konrad wischte sich den Schweiß von der Stirn. Das Wetter schlug mal wieder Kapriolen. Von gestern 15 Grad sollte die Temperatur heute auf 32 Grad ansteigen. Und jetzt um neun Uhr waren es bereits 24 Grad. Das machte ihm zu schaffen, dazu kam noch, dass ihn in der Nacht seine Galle wieder mit einer Kulik wachgehalten hatte. Sein Arzt hatte ihm schon lange empfohlen, sich im Krankenhaus „Links der Weser" bei Dr. Scalicki einer Operation zu unterziehen. Mit der heutigen Endoskopie-Technik wäre das kein großer Eingriff mehr und nach maximal 3 – 4 Wochen wäre er wieder voll dienstfähig. Aber Konrad ertrug lieber die fast unerträglichen Schmerzen, als dass er sich dem vermeintlichen Können eines Arztes ausgesetzt hätte. Zudem lag zu viel Arbeit auf seinem Schreibtisch, zu viele unaufgeklärte Fälle, die er seinem Assistenten Müller nicht alleine zumuten konnte. Besonders war da ein Fall von Brisanz, den ihm das Raubdezernat übertragen hatte und der ihm schwer im Magen lag. Zwei überaus dreiste Burschen machten ganz Bremen unsicher. Sie gingen dabei immer nach derselben Methode vor: Einer klingelte bei alleinstehenden älteren Frauen und gab sich als Mitarbeiter der Stadtwerke aus, der die Versorgungsarmaturen inspizieren müsse. Und während er mit den alten Damen in den Keller ging und die Frauen dort im Schnack aufhielt, räumte der andere die Wohnung aus. Das war eigentlich ein ganz normaler Fall für das Raubdezernat, aber bei der letzten Aktion der beiden Übeltäter war eine alte Dame zu Tode gekommen, als sie sich dem fliehenden Wohnungsausräumer in den Weg stellte und der sie die Treppe hinunterstieß. Das war das erste Mal, dass die Täter handgreiflich wurden. Und dann gleich so ein Ergebnis.
Seit seine Frau mit der Tochter zu den Schwiegereltern zu Besuch gefahren war, pflegte Konrad bei Alex auf dem Domshof zu frühstücken. Dort saß er auch jetzt und trank die letzte Tasse Kaffee. Vor ihm herrschte auf dem Markt schon

ein buntes Treiben und Konrad dachte daran, auf dem Weg ins Kommissariat ein wenig Obst und Gemüse einzukaufen, als ihn sein piependes Handy aus den Gedanken riss. Müller, sein Assistent, erinnerte ihn daran, dass um halbzehn eine Besprechung angesetzt war, zu der sie beide vom Chef zitiert waren, da es um die Zusammenarbeit der verschiedenen Dezernate ging. Er möge bitte pünktlich in der alten Wache am Wall erscheinen. Konrad grummelte unverständlich seine Zustimmung und unterbrach die Verbindung. Zum Wall waren es höchstens acht Minuten, also hatte er noch etwas Zeit und selbst wenn er zu spät kommen würde, war das auch kein Beinbruch. Diese Art von Besprechungen hatte er schon zigfach in seiner Beamtenlaufbahn mitgemacht. Gebracht hatten diese „Quasselstunden", wie er sie nannte, höchst selten etwas. Eher hatten sie ihn von wichtigeren Dingen abgehalten. Und was in diesen hochwichtigen Besprechungen vereinbart wurde, war dann nach kurzer Zeit wieder unterlaufen worden, was neuerliche Sitzungen erforderlich machte. Dabei war jedes Dezernat darauf erpicht, für sich Erfolge einzufahren und die anderen dabei schlecht aussehen zu lassen.

Konrad seufzte und stand auf. Die letzte Tasse Kaffee war ihm nicht so recht bekommen. Seine Galle meldete sich wieder mit leichten Schmerzen, nicht so schlimm wie in der Nacht, aber immerhin. Sollte er doch den Rat seines Arztes befolgen? Er wischte den Gedanken ärgerlich weg, kaufte am ersten Marktstand Tomaten und Gurken, auch wenn die um einiges teurer waren als im Supermarkt, und am Stand des Obstbauern aus dem Alten Land kaufte er ein Kilo Äpfel. Am Rathaus fuhr der Bürgermeister auf seinem Fahrrad freundlich grüßend an ihm vorbei. Das war noch einer, dem man abnahm, dass er ehrliche Politik betrieb, dachte Konrad und stapfte Apfel kauend zur Wache am Wall.

Zum Verdruss des Gesprächsleiters und der anderen Teilnehmer piepte Konrads Handy mitten in der Besprechung. Konrad atmete erleichtert auf, hoffentlich ein ganz dringender

Fall, der ihn aus dieser unnützen Quasselei herausreißen würde. Und so war es auch. In der Zentrale war ein Leichenfund gemeldet worden. Konrad stand auf, winkte Müller, den Gerichtsmediziner und die Mitarbeiter der Spurensicherung zum Mitkommen und verließ eiligen Schrittes den Konferenzsaal.

Hauptkommissar Konrad verdrehte die Augen. Nun war er schon eine halbe Stunde in der Wohnung der alten Dame und hatte zum Tathergang noch kein einziges Wort gehört. Dass ihr Helmut bei Borgward gearbeitet hatte, bis dort durch böse Machenschaften die Tore geschlossen wurden und er dann anschließend eine Stelle als Schlosser auf der AG Weser gefunden hatte, das alles hatte er erfahren. Was sich aber in der Wohnung der alten Dame abgespielt hatte, das wusste er immer noch nicht. Ungeduldig wippte er auf seinen großen Füßen und wollte die weißhaarige Witwe im Redeschwall unterbrechen. Aber immer wieder fand sie ein neues Thema und redete ohne Unterbrechung. Jetzt wusste sie zu berichten, dass sie noch den alten Kaysen kannte, der hatte direkt neben ihrem Schrebergarten eine Parzelle und ...

„Frau Marquard", fiel ihr der Kommissar nun doch ins Wort. Aber ohne sich stören zu lassen, redete die alte Dame weiter. Vorübergehend habe sie mit ihrem Helmut ja auch in der Kaysen-Siedlung gewohnt. Aber die haben die Banausen dann ja auch platt gemacht und die armen Leute vertrieben. Es sei ohnehin heute alles anders und früher alles besser gewesen.

„Frau Marquard", unterbrach Konrad sie jetzt laut und eindringlich, dass sie zusammenzuckte und ihn missmutig ansah. „Nun erzählen Sie mir doch bitte wie der Mann in Ihre Küche ..."

„Ja, also, das weiß ich auch nicht. Da war doch dieser nette, junge Mann von den Stadtwerken ..."

„Der in der Küche ..."

„Nein", entgegnete Frau Marquard, „der von den Stadtwerken. Ein ganz schnieker, fescher Bursche ..."

„Also, wenn ich sie richtig verstehe, war da noch ein anderer Mann", hakte Konrad nach.

Die alte Dame sah ihn verwirrt an. Wie der andere in die Küche kam, betonte sie, wusste sie nicht. Sie habe nur dem schnieken Jüngling von den Stadtwerken die Tür geöffnet. Sie habe sich zwar gewundert, warum die Stadtwerke schon wieder jemanden vorbeischickte, die waren doch erst letzte Woche da und hatten die Zähler abgelesen, aber der junge Mann habe ihr gesagt, dass mit den Uhren was nicht stimmen würde und sie ihn mal in den Keller begleiten müsse, um die Armaturen zu überprüfen.

„Und dann sind Sie mit dem Mann in den Keller gegangen?", fragte der Hauptkommissar genervt.

„Ja", bestätigte die betagte Frau, normalerweise würde sie das ja nicht machen. Früher hätte das dann immer ihr Helmut erledigt, aber seit der nicht mehr ist, müsste sie ja alles selbst erledigen. „Wissen Sie, Herr Inspektor, mein Helmut, das war ja ein ganz Patenter, der hat immer alles im Haus erledigt und alles tiptop in Schuss gehalten. Damals, als der Kutzop den Elfmeter gegen die Bayern verschoss, da hat er ja seinen ersten Herzinfarkt ..."

„Frau Marquard, bitte, können wir beim Thema bleiben." Dem Hauptkommissar riss langsam der Geduldsfaden. Er wollte endlich den Tathergang erfahren, so es denn einen bewussten Tathergang gab. Aber Fakt war, dass in der Küche der alten Dame ein toter Mann lag, der zweifelsfrei keines natürlichen Todes gestorben war.

Die Leichenträger polterten mit der Zinkwanne durch die Wohnungstür. In weißen Overalls gekleidete Kriminaltechniker wuselten durch den Flur und die Küche der alten Dame.

„Wenn Sie mich ständig unterbrechen", empörte sich Frau Marquard schnippisch, „dann komme ich nie dazu, Ihnen alles zu erzählen."

Hauptkommissar Konrad schnaubte hörbar aus. Resigniert bat er die Frau weiter zu erzählen. Diese zierte sich nun beleidigt und blickte schmollend aus dem Wohnzimmerfenster.

„Frau Marquard, bitte", bettelte der Hauptkommissar flehentlich. Müller, der geschniegelte Assistent mit dem Aussehen eines Banker-Yuppies, trat neben Konrad und flüsterte ihm etwas ins Ohr.

„Wenn der Doc so weit ist, sollen sie ihn abtransportieren", sagte Konrad laut. „Und nun zu Ihnen, Frau Marquard, überstrapazieren Sie meine Geduld nicht. Also, Sie sind mit dem Mann von den Stadtwerken in den Keller ..."

„Hätten Sie mich nicht unterbrochen, wären wir schon weiter", sagte sie vorwurfsvoll.

„Also gut, entschuldigen Sie bitte, aber jetzt bitte."

Sie sei zunächst mit dem jungen Mann in den Treppenflur, dann sei ihr aber Gott sei Dank noch eingefallen, dass sie ja noch den Kuchen im Ofen hatte. Also sei sie zurück in die Küche, habe den Kuchen aus dem Ofen geholt und weil sie den ja noch zum Kaffee essen wollte, habe sie noch ein paar Stücke rausgeschnitten, damit die besser abkühlen konnten. Da habe dann der junge Mann von den Stadtwerken in der Tür gestanden und ihren Kuchen bewundert, wie gut der rieche und so und sie habe ihm ein Stück nach getaner Arbeit versprochen, aber dazu sei es ja nicht gekommen, denn als sie wieder nach oben ...

„Sie sind also mit dem Mann in den Keller und haben die Wohnungstür abgeschlossen?", bohrte Konrad nach.

„Ja, also die Tür, die hab ich wohl nur angelehnt", erzählte die betagte Frau, denn der junge Mann von den Stadtwerken habe ja gesagt, dass sie gleich wieder nach oben könne, denn es würde im Keller nicht lange dauern, sie solle ihm nur zeigen, wo die für sie betreffenden Armaturen seien. Aber so ganz genau wisse sie das nicht mehr. Den Schlüssel habe sie auf jeden Fall in ihre Kittelschürze gesteckt.

„Und dann hat der junge Mann von den Stadtwerken sie im Keller in ein längeres Gespräch verwickelt", unterbrach sie Konrad ahnend.

Frau Marquard sah ihn überrascht an. „Ja, stellen sie sich vor, sein Vater hat meinen Helmut gekannt. Das waren sogar Arbeitskollegen auf der Akschen, haben zusammen bei Koschnik vorgesprochen, als das da den Berg runterging. Wissen Sie, Herr Kommissar, mein Helmut war ja damals im Betriebsrat. Der war schon immer einer, der sich für andere einsetzte, aber „Us Akschen" sollte kaputt gemacht werden, damit die Aufträge von den Japsen und anderen Schlitzaugen übernommen werden konnten."

„Ja, ja, Frau Marquard, so wird es wohl gewesen sein. Also hat sie der junge Mann im Schnack aufgehalten und oben war die Tür offen ..."

„Herr Kriminaler, ich habe Ihnen das doch schon erzählt ..."

„Ja, ja, Frau Marquard, ich weiß", warf der Hauptkommissar ein, bevor die alte Dame wieder abschweifte. „Und als sie nach oben kamen, war die Tür geöffnet, der Mann von den Stadtwerken verschwunden und der Tote in Ihrer Küche ..."

„Also, Herr Inspektor, das muss ich Ihnen sagen, ich bin ja so was enttäuscht von diesem jungen Mann von den Stadtwerken. Hat sich so nett mit mir unterhalten und dann verschwindet er, ohne von meinem Kuchen probiert zu haben."

„Ist der zusammen mit Ihnen nach oben?", wollte Konrad wissen.

„Nein, Herr Kommissar, der hatte ja noch unten zu tun. Also, als ich vor meiner Wohnungstür stehe, ist die Tür zugeschlagen. Wie damals in der Pazelle. Mein Helmut hatte son neumodsches Schloss eingebaut, wegen der Einbrecher und so. Und da ist mir doch die Tür zugefallen und der Schlüssel lag drinnen auf dem Küchentisch. Wissen Sie, Herr ..., wir hatten damals ja solche Probleme mit den Ratten, da hat mein Helmut ..."

„Frau Marquard, bitte, also die Tür war zugeschlagen und dann?"

Die alte Dame sah den Hauptkommissar erbost an. „Ja, da fiel mir doch wieder ein, dass ich ja Gott sei Dank den Schlüssel doch eingesteckt hatte, so plietsch war ich ja. Ich habe also aufgeschlossen und die Tür nur angelehnt, weil der junge Mann von den Stadtwerken ja noch von meinem Kuchen kosten wollte. Ich bin dann aber erst mal ins Wohnzimmer, um eine Kaffeetasse von dem guten Geschirr aus dem Schrank zu holen. Der junge Mann sollte ja auch 'ne Tasse Kaffee zum Kuchen kriegen ..."

„Und dann sind Sie in die Küche?", hakte Konrad ein.

„Nein", sagte die weißhaarige Frau unwirsch, „ich habe dann aus dem Wohnzimmerfenster geschaut, weil da unten ..."

„Frau Marquard, bitte nur das Wesentliche", unterbrach sie der Hauptkommissar.

„Ja, aber das ist doch wichtig. Denn da draußen war die Frau Müller und war ganz aufgeregt. Ein Peterwagen kam angerauscht und zwei Beamte sprangen aus dem Auto und ..."

Konrad war dem Nervenzusammenbruch nahe. „Das ist für uns hier alles nicht wichtig, Frau Marquard, ich will von Ihnen wissen, was sich hier in Ihrer Wohnung abgespielt hat. Also, wann haben Sie den Toten entdeckt?", fragte er ungeduldig.

„Na, als ich in die Küche bin, um Kaffee zu kochen."

„Haben Sie den Toten schon einmal gesehen oder kennen Sie ihn sogar?"

„Nein", erwiderte die alte Dame empört, „noch nie. Ich weiß ja auch gar nicht, wie der in meine Küche gekommen ist. Ich hab mich bannig verjagt, als ich den da liegen sah. Bin erst vor Schreck zurück. Aber dann dachte ich, vielleicht ist der ja nur ohnmächtig oder so. Hab ihn mit dem Fuß angetickt, aber der hat sich nicht gerührt. Dann hab ich den Krankenwagen angerufen und dann kamen so viele Leute. Sie ja auch."

Der alten Dame wurde schwindelig. Hauptkommissar Konrad sprang auf sie zu und stützte sie. „Setzen Sie sich", sagte er und schob sie in den Ohrensessel vor dem Fernseher.

Im Flur polterten nun wieder die Leichentransporteure mit ihrer Zinkwanne und trugen den Toten aus der Wohnung. Der untersuchende Arzt kam in das Wohnzimmer, beugte sich zu Konrad und flüsterte ihm etwas ins Ohr. Hauptkommissar

Konrad richtete sich auf, sah die zitternde alte Frau an und fragte: „Haben Sie Strychnin im Haus?"

„Ja", antwortete diese überrascht, „woher wissen Sie das? Also, das wollte ich Ihnen vorhin ja schon erzählen, aber Sie haben mich ja nicht gelassen."

Hauptkommissar Konrad ließ sich auf das Sofa fallen und seufzte tief.

„Das war doch so", fuhr Frau Marquard fort, auf der Pazelle hatten sie doch eine Zeit lang eine Rattenplage und da habe ihr Helmut das Strychnin, das man damals noch ohne Probleme bekommen konnte, wenn man in einem Gebiet wohnte, in dem Ratten die Einwohner plagten, besorgt. „Und stellen Sie sich vor, Herr Inspektor, letzte Woche finde ich doch unten im Keller unter all den alten Farbdosen, ich wollte eigentlich grüne Farbe für den Balkonstuhl holen, da finde ich doch dieses Glas mit Strychnin."

„Und wie kommt das Zeug nun in Ihre Küche?"

„Ja, also, Herr Kommissar, das war auch so eine Sache. Mir war das hier unten zu gefährlich. Wenn Kinder, die butschern hier ja überall rum, wenn die an das Gift kommen, nicht auszudenken, Herr Inspektor. Also hab ich das mit nach oben. Hab darüber ganz meine Farbe vergessen und musste noch einmal runter. Und oben stoß ich Schussel doch das Glas um und muss alles vom Küchenboden aufsammeln. Na, und grade stell ich die Dose, in die ich das nun gesammelt hatte, auf die Anrichte, läutet es an der Tür und die Erna, meine Nachbarin kommt zu einen Plausch ..."

„Herr Hauptkommissar, kommen Sie mal", Müller unterbrach den Redefluss der alten Frau.

Konrad stand mühsam auf, seine Beine schmerzten, er fühlte sich müde von dem anstrengenden Verhör, seine Galle spann ein leichtes Korsett um seine Brust, sein Magen knurrte, seit dem Frühstück hatte er nichts mehr gegessen. Müller führte ihn in die Küche, zeigte auf eine Dose, auf der Mehl stand. Konrad sah den frischen Blechkuchen auf der Anrichte. Das genügte, um den Hunger zu verstärken. Ohne die alte Dame, die im Wohnzimmer sitzen geblieben war, zu fragen, griff er zu und biss kräftig in ein Stück Kuchen. Aber kaum hatte er mit dem Kauen begonnen, war Müller auf ihn zugesprungen, schlug ihm den Kuchen aus der Hand und hieb ihm kräftig auf den Rücken, dass das angekaute Kuchenstück in hohem Bogen aus seinem Mund flog.

„Strychnin", sagte Müller fast teilnahmslos und wies noch einmal auf die Dose mit der Aufschrift „Mehl".

Für Konrad war die Sachlage klar. Durch die Schusseligkeit der alten Frau Marquard war das Gangsterduo halbiert worden. Es sei denn, dass die Burschen in einem Trio oder Quartett arbeiteten. Aber darauf deutete nichts hin. Auch die nächsten Wochen bestätigten Konrads Theorie, denn die Serie der Raube, bei denen ein Duo auf die gehabte Weise agierte, riss abrupt ab. Leider hatten die unterschiedlichsten Beschreibungen der Täter der alten Damen zu keinem Fahndungserfolg geführt. Hauptkommissar Konrad wollte den Fall schon zu den Akten legen, als ihn eines Tages der Anruf der alten Frau Marquard erreichte. Aufgeregt berichtete sie, dass sie den jungen Mann von den Stadtwerken gesehen habe. Er sei in das Nachbarhaus gegangen und halte sich dort immer noch auf. Konrad alarmierte die Bereitschaft, schnappte sich Müller und raste mit ihm nach Walle. Die Kollegen von der Streife sicherten bereits den Hauseingang des betreffenden Hauses. Müller rannte die Treppen zur Wohnung der Frau Marquard hoch, ließ sich bestätigen, dass der junge Mann mit der falschen Identität das gegenüberliegende Haus noch nicht verlassen hatte und meldete dieses per Funk seinem Chef.

Konrad befahl den Streifenbeamten den Hauseingang und die Tür zum Hinterhof zu sichern, dann betrat er selbst den Hausflur. Er lauschte in den Keller, aber dort war alles still. Über Funk ließ er sich von Frau Marquard berichten, welche alleinstehende, ältere Dame in dem Haus wohnte. Es kam nur eine Frau im Parterre in Frage. Konrad wartete bis Müller an seiner Seite stand, dann schlichen beide die wenigen Stufen zur untersten Wohnung hoch. Konrad betätigte die Klingel, während Müller seitlich der Tür mit gezogener Waffe wartete. Schlurfende Schritte näherten sich, die Tür wurde geöffnet, eine alte Frau in einem dunkelblauen Kleid öffnete die Tür, sah Konrad mit zusammengekniffenen Augen fragend an. Konrad hielt ihr in der einen Hand seinen Ausweis entgegen und zog sie mit der anderen auf den Flur. Als die Frau sich wehren wollte, hielt Müller ihr die Hand vor den Mund und fragte sie, ob sie Besuch in der Wohnung habe. Die Frau nickte verängstigt. Konrad zog seine Dienstwaffe, schob vorsichtig die Tür weiter auf und schlich in den Wohnungsflur. Durch den halb geöffneten Türspalt der Wohnzimmertür sah er den Rücken eines Mannes, der vor einem Schrank stand und in den Schubladen kramte. Der Hauptkommissar sprang nach vorne, riss die Tür auf und bohrte dem Mann seine Waffe in den Rücken. Ohne Gegenwehr ließ sich der verdutzte Mann festnehmen.

Aber dann ergoss sich eine Schimpftirade übelster Worte über ihn, was ihm einfalle, ihren Enkelsohn so zu behandeln, er sei wohl nicht ganz bei Sinnen und er solle ihren Timmi sofort wieder frei lassen. Zu allem Überfluss tauchte auch noch Frau Marquard auf und bestätigte, dass das nicht der nette junge Mann von den Stadtwerken sei. Konrad fluchte laut und löste die Handschellen. Also mussten sie sämtliche Wohnungen des Hauses durchkämmen und der Bursche war durch den entstandenen Lärm längst gewarnt. Doch entkommen konnte er ihnen nicht, es sei denn er könne fliegen. Aber das mit dem Fliegen schien dem jungen Mann tatsächlich nicht geglückt zu sein, denn als sie im ersten Stockwerk auf eine leicht angelehnte Wohnungstür trafen und die Wohnung durchsuchten, hörten sie vom Innenhof ein fürchterliches Geschrei. Der Bursche war vom Balkon gesprungen und hatte sich den Fuß gebrochen. Egal, gefangen war gefangen und aufgeklärt war aufgeklärt.

Konrad beauftragte Müller, das Protokoll anzufertigen. Er

selbst ließ sich in der Innenstadt absetzen, ging hinüber zur Weser an die Schlachte, bestellte sich beim Franziskaner ein großes Weizenbier und eine Schweinshaxe, stellte sich seelisch auf die Gallenschmerzen ein, aber das war ihm die Sache wert. Am Wochenende spielte Werder gegen die Bayern im Weserstadion, da wollte er in dem brodelnden Hexenkessel dabei sein und die Bayern verlieren sehen. Und nächste Woche würde er dann die Gallensteine entfernen lassen.

Der Pfefferminzprinz

Zu meinen täglichen Gepflogenheiten gehörte es, dass ich Maria morgens zur Uni begleitete, um dann zum Markt am Südhafen zu laufen. Dort pflegte ich, in einem der Kaffeezelte meinen Morgenkaffee zu trinken. So auch an einem Spätsommermorgen im August.

Als ich den Markt am Südhafen erreichte, vernahm ich deutsche Laute. Das war an und für sich nichts Ungewöhnliches, denn neben den vielen anderen Touristen aus aller Welt war auch für deutsche Touristen der Marktplatz in Helsinkis guter Stube ein Anziehungspunkt. Nur waren die Worte, die ich in deutscher Sprache dort vernahm, nicht gesprochen sondern gesungen. Je näher ich kam, um so deutlicher hörte ich die männliche Stimme, die zum Gitarrenklang den Song von Marius Müller-Westernhagen „Mit Pfefferminz bin ich dein Prinz" sang.

Ich blieb vor dem am Boden hockenden Sänger stehen, nickte ihm lächelnd zu und lauschte seinem gekonnten Vortrag, bis er die letzten Akkorde anschlug und verstummte. Es schien niemand anders von ihm Notiz genommen zu haben. Ich aber applaudierte ihm, was erst andere Passanten auf uns aufmerksam machte. Ich kniete mich zu ihm hinunter und gab ihm noch ein „Bravo" für seinen gelungenen Vortrag.

Wo er denn herkomme, wollte ich von ihm wissen. Er sah mich überrascht an, hatte wohl nicht erwartet, dass er hier von einem Deutschen angesprochen wurde. „Aus Oldenburg", antwortete er schließlich. Und da war ich überrascht, denn ich kam ganz aus der Nähe. Oldenburg war die Bezirkshauptstadt meines Geburtsortes.

„Komm, ich lad dich zum Kaffee ein", vernahm ich mich spendabel, obwohl bei mir von Wohlstand nicht die Rede sein konnte.

Er pickte die wenigen Münzen, die auf seiner Gitarrentasche lagen, auf, verpackte sein Instrument und folgte mir zum nächsten Kaffeezelt. Dort bestellte ich zwei Kaffees und wir setzten uns an einen der freien Tische. Ich weiß nicht warum, aber ich kam gar nicht auf die Idee, ihn zu siezen. Hier in Finnland duzten sich alle und das hatte ich so angenommen, dass es mir jetzt fremd erschien, wieder auf das in Deutschland obligatorische Sie zu verfallen.

„Was machst du hier?", fragte ich, denn weder an der Uni, wo ich einen Finnischkurs belegt hatte, noch an einer der Veranstaltungen des Goethe-Instituts oder der deutschen Bibliothek hatte ich ihn gesehen.

Er blickte von seinem Kaffee auf und sah mich schmunzelnd an. „Och", begann er, „ich ziehe gerade durch Skandinavien. Verdien mir mit Straßenmusik mein Geld. Die letzte Woche war ich in Stockholm, heute morgen bin ich mit der *Viking* hier angekommen."

„Und wie lange willst du bleiben?", fragte ich neugierig.

„Das hängst davon ab, wie die Kasse hier klingelt", dabei grinste er recht unbekümmert.

Ein fescher Bursche, dachte ich, der hat mit dem weiblichen Geschlecht keine Probleme. Wirkt recht problemlos, hat Charme und sieht verteufelt gut aus.

„Der Markt schließt meistens gegen vierzehn Uhr. Auf der Mittelesplanade hast du nachmittags sicherlich Chancen, noch die eine oder andere Mark zu verdienen. Wenn du Lust hast, kommst du danach zu uns. Wir, das heißt meine Frau und ich, wohnen hier ganz in der Nähe. Ich schreib dir das mal auf. Telefon haben wir keins. Aber wenn du die Straße da", ich zeigte in Richtung des Senatsplatzes, „immer geradeaus gehst, dann ist es die sechste oder siebte Straße rechts runter. Das ist die Maneesikatu. Und da die Nummer 22. Unser Name steht ganz oben in der Klingelleiste." Ich schrieb ihm Namen und Adresse auf und reichte ihm den Zettel. „Wir haben zwar wenig Platz, aber mit deinem Schlafsack kannst du ne Nacht bei uns pennen, wenn du willst", sagte ich noch.

Er bedankte sich, trank seinen Kaffee aus und erhob. „Na denn", sagte er, „will mal wieder. Mal schaun, vielleicht nehm ich das Angebot an. Kommt drauf an, was sich noch so ergibt", gab er noch mit einem breiten Grinsen zum Besten.

Ich blieb noch sitzen, schaute ihm nach, wie er seinen vorherigen Platz wieder aufsuchte und kurze Zeit später hörte ich ihn wieder zu seinem Gitarrenspiel singen: „I am just a poor boy, though my story's seldom told …". The Boxer von Simon and Garfunkel, eine der wenigen Schallplatten, die ich mit nach Helsinki genommen hatte. All meine Beach Boys- und Elvis-Platten waren zurückgeblieben. Wir besaßen hier nur einen kleinen, batteriebetriebenen Plattenspieler, eine Stereo-Anlage passte nicht in unsere Einzimmer-Studentenbude. Wenn Maria am Schreibtisch arbeitete, musste ich meine Aktivitäten auf den Esstisch verlagern, denn Marias Studien hatten Vorrang.

Ich blieb noch einige Zeit lang sitzen und lauschte den Gesangskünsten meines Landsmannes, dann machte ich mich auf den Weg zum Busbahnhof, in deren Nähe Anttila, das finnische Aldi, ansässig war. Maria hatte mir aufgegeben, noch ein paar Lebensmittel zu kaufen. Und in Anbetracht eines etwaigen Gastes ging ich noch rüber zum Alko und kaufte eine Flasche des billigsten Rotweins, das überschritt zwar gewaltig unser Ausgabenbudget für diese Woche, aber für Gäste musste etwas im Haus sein.

Als Maria aus der Uni kam, erzählte ich ihr von meiner morgendlichen Begegnung und dass wir mit Besuch am Abend rechnen könnten. Von einer etwaigen Übernachtung wollte ich eigentlich noch nichts erzählen, aber Maria fragte mich sofort, wo der Knabe denn schlafen wolle, wenn er fremd in Helsinki sei. „Notfalls in der Sitzbadewanne", kicherte ich, aber Maria fand das nicht lustig. Außerdem kämen zwei Kommilitoninnen von ihr am Abend vorbei. Man wolle noch etwas für eine Prüfung üben. Das brachte mich natürlich in Schwulitäten, aber ich konnte jetzt ja nicht zur Esplanade laufen, den Knaben suchen und ihm sagen, dass es doch nicht passe. So hoffte ich inständig, dass der Pfefferminzprinz doch nicht käme.

Gegen neunzehn Uhr klingelte es an unserer Tür und ich erschrak schon, aber es waren Mirja und Tina, die zu Maria wollten. Die jungen Frauen rauschten an mir vorbei und schnatterten wild drauf los. Was die sich alles zu erzählen hatten, dabei hatten die sich doch heute schon in der Uni gesehen. Von Vorbereitung auf eine Prüfung war da wenig zu hören. Ich versuchte, zu lesen, aber das laute Gegacker und Gejuche machte es unmöglich. Dann klingelte es wieder an der Tür. Für einen Moment herrschte Stille und Maria sah mich mit einem strengen Blick an. Ich schlich zur Tür und drückte den Türöffner, öffnete die Tür und wartete, bis der knarrende Fahrstuhl unsere Etage erreicht hatte. Es war der Pfefferminzprinz. Ich machte gute Miene zum bösen Spiel, täuschte Freude vor und bat ihn, zu uns hereinzukommen.

Die Gesichter der jungen Frauen erhellten sich schlagartig, als der Sonnyboy vor ihnen stand. Er stellte sich brav mit „Max" vor und gab jeder die Hand. Die Augen der Studentinnen strahlten, ja selbst Maria hatte ihren strengen Gesichtsausdruck verloren.

„Schön, dass du gekommen bist", sagte sie, ohne dass ich dabei Sarkasmus in ihrer Stimme feststellen konnte. „Aber ich glaube, wir haben nicht genug Sitzgelegenheiten. Lasst uns doch auf dem Fußboden Platz nehmen."

Ich räumte schnell den Esstisch und die zwei Stühle etwas zur Seite und holte die Flasche Wein aus dem Versteck. Ein „Ah" kam aus den Kehlen der Kommilitoninnen Marias. Aus Mangel an genügend Gläsern verteilte ich Kaffeetassen und Gläser und entkorkte die Flasche.

„Du spielst Gitarre?", hörte ich Mirja fragen. Max bejahte und auf Aufforderung der Frauen packte er sein Instrument aus. Ich setzte mich in den Kreis, den die anderen gebildet hatten, und schenkte jedem von dem ungarischen Rebensaft ein. Wir prosteten uns zu. Mirja und Tina hatten nur noch Augen für Max. Ich rückte näher an meine Maria heran und gab ihr einen Kuss. Soll der Sonnyboy doch gleich wissen, wie der Hase hier läuft.

Nun, Gitarre spielen und singen konnte der Bursche, das musste ich ehrlich zugeben. Und im Laufe des Abends wurde unsere kleine Einzimmerwohnung immer voller, denn unsere Nachbarn hatten die Musik gehört und wohl gemeint, dass bei uns eine Party stattfand. Zudem hatte jemand eine Flasche Wodka organisiert, die die Runde machte. Es wurde eine muntere, laute Feier, in der uns Max immer wieder zum Mitsingen animierte und wir aus voller Kehle die vielen bekannten Songs unserer Zeit mitgrölten.

Irgendwann in der Nacht war dann doch Schluss, hatten sich die Nachbarn verzogen und waren Mirja und Tina mit Max gegangen. Unser kleines Zuhause sah entsprechend aus. Aber uns fehlte die Kraft, noch für Ordnung zu sorgen. Maria war bereits im Bett eingeschlafen und ich kämpfte in unserer kleinen Sitzbadewanne gegen das Kreisen in meinem Kopf an. Entsprechend schwer fiel am Morgen der Gang in den neuen Tag. Kopfschmerzen und Übelkeit hielten sich hartnäckig bis in den späten Nachmittag.

Maria musste sich trotzdem noch am Nachmittag in die Uni quälen. Als ich sie abends von dort abholte und Tina zu uns stieß, wusste diese zu berichten, dass sich Mirja Hals über Kopf in Max verliebt hätte und mit ihm mit der Abendfähre nach Stockholm fahren wollte. Wir schauten auf die Uhr. Das müssten wir noch schaffen. Also rannten wir zum Südhafen, von wo aus die Fähren nach Schweden starteten. Da erblickten wir sie noch, wie sie eng aneinandergeschmiegt die Gangway zum Schiff gingen. Von uns nahmen sie keine Notiz. Das war das letzte Mal, dass wir den Pfefferminzprinzen sahen. Von Mirja hörten wir später, dass sie irgendwann nach Finnland zurückgekehrt sein sollte.

Kein Zimmer frei

Nachdem ich zwei Stunden vergeblich auf die Abfahrt der Fähre gewartet hatte, sagte man mir, dass das Schiff heute nicht fahren würde. Ich verwies auf den Fahrplan, der doch anzeige, dass ein regelmäßiger Linienverkehr bestehen würde. Man quittierte es mit einem mitleidigen Lächeln. Hier sei eben alles anders und wenn der Kapitän keine Lust habe, dann würde die Fähre eben nicht fahren. Ich schluckte meinen Zorn hinunter, erkundigte mich nach einer anderen Möglichkeit, ans Festland zu kommen, aber angeblich fuhr an diesem Tag kein einziges Boot von der Insel ab. Ich spürte, wie sich in mir der Ärger ausbreitete und sich meine Faust in der Tasche verkrampfte. Es musste doch möglich sein, diese verfluchte Insel an diesem Tag zu verlassen. Ich musste am Abend den Flieger erreichen, um wieder nach Hause zu kommen. Übermorgen sollte mein erster Arbeitstag sein. Dazwischen lag aber noch ein zehnstündiger Flug. Und wie das denn auch immer so ist, wenn man sein Handy braucht, der Akku war leer.

Ich schleppte meinen Koffer zurück zum Hotel, fragte, ob ich noch eine Nacht bleiben und ins ferne Deutschland telefonieren könne. Statt mir sofort mein altes Zimmer zu geben, blätterte der Mann an der Rezeption aufreizend langsam in seinem Buchungsplan, kaute unablässig auf seinem Kautabak, von dem die Zähne unappetitlich braun gefärbt waren, und schüttelte schließlich den Kopf. „No, sorry", sagte er schließlich, „no rooms free." Das konnte doch nicht wahr sein. Ich war gerade ausgezogen und da die Fähre nicht fuhr, konnten auch keine neuen Gäste gekommen sein. Jetzt platzte mir doch der Geduldsfaden. Ich schlug mit der Faust auf den Tresen und sagte dem Menschen, dass das doch nicht möglich sei. Er aber ließ sich nicht beirren, wiederholte sein wohl eingeübtes „No, sorry, no rooms free" und rotzte seinen Pfriem in einen Behälter, der neben der Rezeption stand. Ich war drauf und dran zu platzen und hätte den Mann am liebsten am Kragen gepackt und über den Tresen gezogen. Ich fragte nach einem anderen Hotel. „No, sorry, no rooms free", wiederholte er. Ich wusste nicht, ob er mich nicht verstand, oder ob er mir wirklich weiß machen wollte, dass auch in den anderen eventuell auf der Insel befindlichen Hotels keine Zimmer frei wären. Ich versuchte es noch einmal: „Where is another hotel?" „Sorry, no rooms free." Der Mann kannte keinen anderen Satz, es war zum Heulen. Ich fragte nach dem Hotelmanager, aber außer dem bekannten Satz erhielt ich keine Antwort. Und auch die Frage nach einem Telefon beantwortete er wie gewohnt.

Ich war der Verzweiflung nahe. Erst jetzt bemerkte ich die dunkelhaarige Schönheit, die, will man es großzügig als Foyer bezeichnen, im Foyer in einem Sessel saß, in einer Illustrierten blätterte und aufreizend lächelte. Ich ließ meinen Koffer stehen und stürzte auf sie zu. „Sprechen Sie meine Sprache? Können Sie mir helfen?", stürmte ich auf sie ein. Sie hob ihren Kopf, blitzte mich mit ihren dunklen Augen an, lächelte ironisch und sagte: „Sorry, no rooms free." Ich hätte schreien können und Verzweiflung stand wohl in meinem Gesicht zu lesen. Sie lachte laut auf und sagte, indem sie auf den Mann hinter der Rezeption deutete: „Alfonso, der Hoteltrottel. Das Hotel hat ab heute geschlossen. Sie waren der letzte Gast."

Ich ließ mich erschöpft neben sie in einen Sessel fallen. „Und nun?" Sie hob bedauernd die Schultern. „Gibt es ein anderes Hotel, das noch geöffnet hat?"

„Haben Sie noch eines gesehen?", fragte sie zurück.

Nein, ich hatte kein anderes Hotel auf dieser Insel entdeckt. Das war ja auch eigentlich der Grund, warum ich auf diese Insel gekommen war. Ich hasste diese Bettenburgen und den damit verbundenen Trubel. Ich wollte meine Ruhe haben, mich ausruhen und erholen und nicht den ganzen Tag und die Nächte durch das Gejohle besoffener Horden gestört werden. Nun wurde mir dieses zum Verhängnis.

„Können Sie mir helfen, von der Insel zu kommen?", fragte

ich bescheiden.

Sie lachte und sagte, dass heute hier nichts laufe. Heute wäre ein Feiertag und ab Mittag würde sich die Inselbevölkerung in der Kirche versammeln und anschließend bis morgen früh feiern. Ich erklärte ihr meine Situation, doch das beeindruckte sie nicht. Es täte ihr leid, aber an so einem Tag herrschten nun einmal andere Gesetze. Dann müsste ich eben einen Tag später meine Arbeit aufnehmen. Meine Frage nach einer Möglichkeit, zu telefonieren, beantwortete sie abschlägig. Es wäre Tradition, dass an diesem Feiertag sämtliche modernen Verbindungen gekappt würden und man sich ganz alleine auf das Leben in der Gemeinschaft konzentrieren würde. Ich solle doch mit ihr in die Kirche kommen und dann mit den Menschen der Insel feiern.

Was blieb mir anderes übrig. Ich fluchte zwar innerlich, mein Flugticket würde verfallen, ich bekäme Ärger in der Arbeit, aber was war das alles gegen ein traditionelles Inselfest, stellte ich ironisch fest. Also ergab ich mich meinem Schicksal, nahm meinen Koffer und wollte mich meiner dunkelhaarigen Schönheit in ihrem knallroten Kleid, aus dem wohlgeformte Beine herausragten, anschließen. Sie aber sagte mir, ich könne den Koffer ruhig erst einmal hier lassen. Auf der Insel käme nichts weg und an diesem Tag schon gar nicht. So tat ich, wie mir geheißen, und folgte ihr dann zur Kirche.

Aus allen Richtungen strömten Menschen in das Gotteshaus. Ich konnte mich nicht erinnern, wann ich das letzte Mal an einem Gottesdienst teilgenommen hatte. Wir schlossen uns dem Menschenstrom an. In der Kirche, in der es angenehm kühl war, gab es keinen freien Sitzplatz. Die Gänge waren mit Menschen gefüllt und immer noch drängten sich Kirchgänger hinein. Alle hatten einen freundlichen, heiteren Gesichtsausdruck, als würden sie sich auf die kommenden Ereignisse freuen. Als der Pfarrer in seinem Ornat mit seinen Messdienern aus einer Nebentür den Altar betrat, verstummte das vielfache Gemurmel. Es war mit einem Male totenstill und mir fiel die berühmte Stecknadel ein, die man nun hätte auf den Boden fallen hören können. Plötzlich merkte ich, wie sich eine Hand in die meine schob. Ich war zunächst irritiert, blickte zur Seite und erhaschte ein Lächeln meiner Schönheit. Auch ich konnte mir ein freudiges Lächeln nicht verkneifen. An ihrer Seite ließ sich der für mich unverständliche Ablauf der Messe leichter ertragen, ja, ich begann sogar Gefallen an den Chorälen und Riten dieses Gottesdienstes zu finden. Und ein Sonnenstrahl, der durch eines der Fenster direkt auf mich fiel, schien mich zu erleuchten.

Als der Pfarrer seine Schäfchen entließ, wurden wir vom Strom der aus der Kirche eilenden Menschenmasse mitgesogen. Noch immer hielt sie meine Hand und ich wollte ihre auch nicht loslassen, hätte mich sonst verloren gefühlt. Auf dem Marktplatz waren unzählige Tische und Stühle aufgebaut und von Buden, in denen Essen zubereitet wurde, eingerahmt. Auf einer Bühne spielte sich eine Kapelle ein und die Menschen johlten und riefen fröhlich durcheinander.

Als der Menschenstrom aus der Kirche endlich sein Ziel erreicht hatte und zum Stillstand kam, betrat ein ehrwürdiger Mann mit einer großen goldenen Kette um den Hals das Podest der Kapelle und breitete seine Arme aus, um die Menschen zur Ruhe zu bringen. „Der Bürgermeister eröffnet jetzt das Fest", flüsterte mir meine Schönheit ins Ohr. Kaum hatte der Mann seine Worte ausgesprochen, entbrannte ein ohrenbetäubender Jubel, der von ringsherum stehenden Häusern reflektierte. „Komm", hörte ich in diesem Lärm meine Begleiterin rufen und sie zog mich mit zu einer der Buden, wo wir uns Essen und Trinken holten, das an diesem Tag kostenlos ausgegeben wurde. Wir setzten uns zu anderen Menschen an einen der zahllosen Tische, prosteten uns zu und verspeisten das vor Fett triefende Fleisch. Dann hatte sich die Kapelle endlich genug eingespielt und schmetterte das erste Stück. Schon sprangen einige auf und tanzten, fuchtelten wild mit den Armen in der Luft herum und hüpften ausgelassen auf der Stelle. Als wir aufgegessen hatten, animierte mich meine Schönheit ebenfalls zum Tanz. Wir begaben uns in die wogende Menge, ließen uns treiben und waren Eins mit den enthusiastisch Tanzenden. Das ging bis spät in die Nacht, wir tanzten und tranken Rotwein und genossen zusammen dieses ausgelassene Fest.

Irgendwann, es waren nicht mehr so viele Menschen auf dem Platz, kamen drei junge Burschen auf uns zu, sahen uns kurz zu, bis mich einer an die Schulter packte und mir einen Faustschlag verpasste. Ich hörte noch den spitzen Schrei meiner Begleiterin, als ich zu Boden sank. Dann war mir für kurze Zeit schwarz vor Augen, bis ich wieder das über mich gebeugte Gesicht meiner Tänzerin erblickte. Sie streichelte meine Wangen und hatte Tränen in den Augen. Als nächstes sah ich, wie einer der Burschen sie zur Seite zog, sich über mich beugte, mir drohend mit dem Finger vor der Nase rumfuchtelte und mir unverständliche Flüche und Drohungen ins Gesicht spuckte. Dann stand plötzlich die imposante Obrigkeit in Form eines kräftig gebauten Polizisten vor mir, der mich mit Handzeichen aufforderte, aufzustehen. Ich fühlte mein Kinn, das merklich schmerzte, aber wohl nicht blutete. Langsam rappelte ich mich hoch und spürte schon den festen Griff des Gesetzeshüter, der mich am Arm packte und mich mit sich schleifte. Ich wollte mich losreißen und verteidigen, sagen, dass ich keine Schuld habe, aber ich hatte keine Chance, fand mich schließlich in einer muffigen, stinkenden Zelle hinter Eisengittern wieder. Draußen hörte ich eine wohlbekannte Stimme, die offensichtlich für mich Partei ergriff, aber ungehört blieb. Ein Tag, der schlecht begonnen hatte, dann wunderschön war, nahm nun ein unrühmliches Ende. Ich musste die Nacht in der Zelle verweilen. Doch ich war mir sicher, der nächste Tag würde alles klären.

Wie aber hatte ich mich getäuscht! Erst gegen Mittag kümmerte man sich wieder um mich, brachte mir einen abgestandenen Kaffee und zwei Scheiben Weißbrot mit einem undefinierbaren Belag. Ich wollte mich erklären, bestand auf meine Freilassung, aber man hörte mir gar nicht zu. Erst am Abend ließ man meine Begleiterin vom Vortage mit ihrem Vater zu mir. Sie hatte Tränen in den Augen und versprach mir, dass ihr Vater alles klären würde und ich bald frei käme. Doch auch die nächste Nacht verbrachte ich in dem Loch und hoffte vergebens auf meine Freilassung. Erst als die Sonne wieder am Himmel stieg, kam Maria, so erfuhr ich, hieß meine Bekanntschaft, mit ihrem Vater und dem bulligen Polizisten wieder. Letzterer schloss grinsend die Zelle auf und machte eine höhnische Geste, damit ich das Gefängnis verließ. Maria hakte sich bei mir ein. „Komm", sagte sie, „alles nur ein Missverständnis. Mein Exfreund, dieses Schwein, hat uns das eingebrockt. Sein Vater ist der Dorfsheriff."

Maria brachte mich zu sich nach Hause, wo uns ihre Mutter mit einem reichlichen Frühstück erwartete. Ich aber hing mit meinen Gedanken schon bei meiner Abreise. Fuhr die Fähre endlich wieder? Würde ich einen Flug bekommen? Was würde mein Arbeitgeber sagen, wenn ich mehrere Tage unentschuldigt fehlte? Irgendwie schien Maria meine Gedanken zu lesen, denn sie sagte, ich solle mir keine Sorgen machen, es werde alles gut.

Was soll ich sagen? Es wurde alles gut. Jetzt lebe ich schon acht Jahre auf der Insel, habe zwei kleine, süße Kinder und bin mit Maria glücklich verheiratet. Was mein Arbeitgeber gesagt hat? Keine Ahnung, es fuhr ja wieder Mal keine Fähre. Und Telefon? Brauch ich nicht mehr.

Tante Uschi, meine Schwester und ich

Unsere Eltern hatten einen der letzten „Tante-Emma-Läden"
in unserer Stadt. Entsprechend standen sie zwölf Stunden am
Tag hinter dem Tresen, um den Laden und unsere Familie am
Leben zu halten. An Ferien mit der ganzen Familie war da
nicht zu denken. Gott sei Dank hatten wir eine Tante, die eine
kleine Pension an der Kieler Förde in Laboe besaß. Und so
war es uns, meiner Schwester und mir, hin und wieder ver-
gönnt, Ferien an der Ostsee zu verbringen.
Ab und zu ergab es sich, dass auch in den Ferienzeiten nicht
alle Zimmer belegt waren. So rief unsere Tante, die Schwester unseres Vaters, bei uns an und sagte, dass die Kinder
kommen könnten, wenn sie denn Lust hätten. Und ob wir
Lust hatten. Bot es uns doch endlich mal wieder die Möglichkeit, aus dem alltäglichen Kleinstadtmief mit seinem banalen
Überlebenskampf zu entfliehen. Und außerdem war unsere
Tante eine lebenslustige Frau, die, wenn es ihre Zeit erlaubte,
allerlei mit uns unternahm. Und beanspruchten sie die Pensionsgäste zu sehr, hatten wir die Gelegenheit, uns am Strand
oder in der Umgebung auszutoben. Freunde fanden sich
immer, mit denen man allerhand Blödsinn verzapfen konnte.
Schon die Zugfahrt über Hamburg und Kiel war ein Erlebnis.
Einmal waren wir sogar in Hamburg ausgestiegen, um uns in
dieser großen Weltstadt umzusehen. Das war für uns Landpo-
meranzen Abenteuer pur, zumal uns unsere Eltern verboten
hatten, den Bahnhof zu verlassen. Und beinahe hätten wir an
jenem Tag den Zug nach Kiel auch verpasst. Aber zu aufre-
gend war es, all die Plätze in Natur zu sehen, die man sonst
nur im Fernsehen, in den Krimis und vor allen im „Großstadt-
revier" sah. Von diesem Erlebnis träumte ich noch wochenlang.
Zu gerne wären wir auch mal zur Kieler Woche nach Laboe
zu unserer Tante gefahren, aber zu diesen Zeiten war die
Pension immer ausgebucht. Dennoch faszinierten uns die
vielen Segelboote auf der Förde und wie gerne hätten wir

einmal einen Turn über die Ostsee gemacht.

Unsere Tante, die wir übrigens nicht *Tante* Uschi nennen durften, sie hatte uns sehr zeitig beigebracht, sie nur mit Uschi anzusprechen, das *Tante* mache sie älter und das deprimiere sie, hatte sie gesagt, kannte unsere Sehnsucht. Leider hatte sich aber nie die Gelegenheit ergeben, auf eines dieser schlanken, weißen Segelboote zu fahren. Eines Tages jedoch, die letzten Pensionsgäste hatten eine Tagestour nach Dänemark geplant, sagte Uschi zu uns: „Kinder, habt ihr Lust, eine Segeltour zu machen?" Wir schrien vor Begeisterung gleichzeitig „Ja" und unsere Gesichter begannen sich vor Aufregung zu röten. „Na, dann macht euch mal fertig. Ich habe uns schon einen Picknickkorb gepackt. Um neun müssen wir im Jachthafen sein. Piet Hansen leiht uns sein Segelboot für den Tag."

„Wie?", sahen wir unsere Tante fragend an, „Kannst du denn segeln?" Sie lachte und streichelte unsere Köpfe. „Kinder, wer hier an der Förde aufgewachsen ist, der kann auch segeln!"

So radelten wir durch die Stadt zum Jachthafen, wo Piet Hansen schon auf uns wartete. Aufgeregt bestiegen wir das Segelboot, dass uns wahnsinnig groß vorkam, obwohl es doch nur sechs Meter lang war. „Und bring mir Boot und Mannschaft heil wieder in den Hafen", verabschiedete uns Piet Hansen und machte die Leinen los. Unsere Tante gab uns Anweisungen, wie wir uns an Bord zu verhalten hatten und was unsere Aufgaben waren. Größte Vorsicht gebot sie uns vor dem ausschlagenden Mastbaum. Auch lernten wir, dass Steuerbord rechts und Backbord links ist. Etwas enttäuscht war ich, als Uschi nicht sofort die Segel setzte, sondern mit Kraft des kleinen Diesels aus dem Hafen tuckerte. „In Höhe des Marinedenkmals setzen wir die Segel", sagte sie und steuerte unser Boot der offenen Ostsee entgegen.

Ich war so aufgeregt, dass ich schnell alle uns aufgegebenen Verhaltensregeln missachtete und auf dem Boot herumturnte, nicht mehr die Ermahnungen meiner Tante hörte und schon geschah es. Ein größeres Containerschiff passierte uns und hatte eine stärkere Welle erzeugt, die unser Segelboot ins Wanken geraten ließ. Ich verlor das Gleichgewicht und ging über Bord. Ich war kein guter Schwimmer, geriet sofort, als ich untertauchte, in Panik, versuchte schnell wieder an die Wasseroberfläche zu gelangen, schnappte, als ich den Kopf über Wasser bekam, panisch nach Luft, ging sofort wieder unter, da die nächste Welle mich überrollte, kämpfte mich wieder nach oben und versuchte verzweifelt, in eine Schwimmlage zu kommen, aber es zog mir die Beine mit der nassen Hose und den Schuhe immer wieder nach unten.

Währenddessen kämpfte meine Tante mit dem Boot und meiner Schwester Hanne, die verzweifelt schrie. Uschi versuchte ihr verständlich zu machen, dass sie jetzt Ruhe bewahren müsse und mir, so wie sie nahe genug an mich herangekommen waren, den Rettungsring zuwerfen müsse. Gleichzeitig musste unsere Tante aufpassen, dass nicht auch noch Hanne über das in Schräglage geratene Segelboot ins Wasser stürzte. Für mich schien es eine Ewigkeit, bis ich sie endlich wieder auf mich zukommen sah und mir der Rettungsring zugeworfen wurde. Tante Uschi zog mich mit viel Mühe wieder an Bord, wo ich entkräftet liegen blieb und keuchend nach Luft und Fassung rang.

Mittlerweile war auch schon der Seenotrettungskreuzer aus dem Laboer Hafen bei uns eingetroffen, da mein Überbordgehen nicht unbemerkt geblieben war. Tante Uschi konnte aber vermelden, dass alles in bester Ordnung sei und der Schiffbrüchige bereits gerettet und wieder an Bord wäre.

Natürlich war damit unser Segelturn beendet. Uschi steuerte den Hafen an, wo sie sich erst einmal wegen des Zwischenfalls rechtfertigen musste. Sie hatte die Schuld an dem Unfall auf sich genommen, mir keine Vorwürfe gemacht, auch später nicht. Ich hatte sie gebeten, unseren Eltern davon nichts zu erzählen. So blieb es zeitlebens unser gemeinsames Geheimnis. Und ich habe mich danach nie wieder auf ein Segelboot gewagt, ja selbst Fährfahrten bereiteten mir Schwierigkeiten und ich musste mich überwinden, diese großen, eisernen Kolosse zu betreten.

Tante Uschi hat zehn Jahre nach dem besagten Zwischenfall ihre Pension verkaufen müssen. Ihre Gesundheit hatte ihr eine Weiterführung nicht erlaubt. Sie wohnt jetzt in einer Seniorenresidenz in Kiel. Meine Schwester Hanne ist verheiratet, hat eine kleine Tochter und wohnt mit ihrem Mann in Lübeck. Immer, wenn ich sie mit meiner Frau besuche, machen wir auch einen Abstecher nach Kiel zu unserer Tante. Und anschließend fahren wir nach Laboe und sie hakt sich bei mir ein und flüstert lächelnd: „Weißt du noch?"

Der Musikdiktator

Es mag wohl in der neunten Klasse gewesen sein. Ich war unsterblich in Viola Poggenpohl verliebt. Sie war ein wunderschönes Mädchen mit langen dunkelbraunen Haaren, die ihr bis an die Hüften ragten. Sie spielte in unserem Schulorchester Geige und um ihr näher zu sein, meldete ich mich trotz meiner mangelnden Musikalität im Schulchor an. Ich hatte nicht damit gerechnet, dass der Chor- und Orchesterleiter, der den gesamten Musikunterricht unserer Schule bestimmte, eine Stimmprobe von mir abverlangte.

Vor versammelter Chor- und Orchestermannschaft beorderte er mich zu sich nach vorne an den Flügel und schlug das hohe C an. „Nachsingen!", befahl er mir. Ich errötete, versuchte mich zu konzentrieren und gab einen kläglichen Ton von mir. Hinter mir hörte ich schon das Gekichere meiner Mitschüler. „Mozart", wie unser Musiklehrer allgemein in der Schülerschaft genannt wurde, räusperte sich, schlug noch einmal den zu singenden Ton an und wartete auf meine Wiedergabe. Als ich auch beim dritten Mal den Ton nicht traf, packte er mich am Kragen, drückte mich mit dem Ohr auf den Flügel und hämmerte immer wieder das hohe C in die Tasten. Mir aber wollte ums Verrecken nicht ein annähernder Ton entfleuchen. „Und so einer will in unseren Chor?", hörte ich ihn in der Ferne, da mein Gehör durch den dauernden Klang des Flügels in Mitleidenschaft gezogen war. „Scher dich zum Teufel, hier hast du nichts zu suchen!", ergoss er seinen Spott über mich, während Chor- und Orchestermitglieder in ein schallendes Gelächter verfielen.

Viola Poggenpohl konnte ich mir abschminken. Ich war bis auf die Knochen blamiert. Bei der würde ich in meinem Leben keine Chance mehr bekommen. So blieb mir nur die Rache an diesem unliebsamen Musiklehrer.

Ich wusste, „Mozart" kam mit dem Fahrrad zur Schule. Ich musste also nur einen günstigen Augenblick abwarten, wenn alle im Unterricht oder bereits aus der Schule waren und ich meine süße Rache ausüben könnte. Meine Kumpels weihte ich nicht ein, die hatten seit meiner Schmach sowieso nur Hohn und Spott für mich, da sich mein Scheitern zum Amüsement der gesamten Schülerschaft in unserer Schule schnell herumsprach.

„Eh, Mike, sing mir doch mal das hohe C!" oder „He, Mike, leih mir mal dein Ohr." „Na, Kollo, schon an der Oper vorgesungen?" Das waren die Sätze, denen ich mich ausgesetzt sah. Ich bemühte mich um süßsaures Lächeln, ballte die Faust in der Tasche und versuchte, gute Miene zu bösem Spiel zu machen.

An Viola wagte ich mich nicht mehr heran. Immer, wenn sie mir auf dem Schulhof in den Pausen näher kam, machte ich einen großen Bogen um sie. Ihren Spott hätte ich nicht ertragen. So konnte ich sie nur aus der Ferne beobachten und mir ausmalen, wie es wäre, sie in meinen Armen zu halten, mit ihr zum Baden oder Eisessen zu gehen.

Zwei Tage nach meinem Scheitern schickte mich mein Klassenlehrer während des Unterrichts in den Flur, da ich trotz Ermahnung wiederholt den Unterricht gestört hatte. Das sah ich als meine Chance an, „Mozart" eine Lektion zu erteilen. Ich schlich mich zu den Fahrradständern, vergewisserte mich, dass mich niemand beobachtete, und schon war „Mozarts" Fahrrad ohne Luft und Ventile in den Reifen. Hastig rannte ich zurück ins Schulgebäude und erntete nur irritierte Blicke meines Klassenlehrers, als dieser mich keuchend im Flur vorfand.

Nach Schulschluss stellte ich mich an die Straße und wartete darauf, dass „Mozart" schiebender Weise mit seinem Fahrrad an mir vorbei käme. Und da kam er auch schon, fluchte wie ein Rohrspatz, schien mich nicht zu bemerken.

„Wer sein Rad liebt, der schiebt", glaubte ich leise genug gesagt zu haben, aber ich hatte nicht mit dem guten Gehör des Musiklehrers gerechnet. Der blieb abrupt stehen, sah mich aus zornigen Augen an, befahl mir, näher zu treten, und herrschte mich an: „Bonita, warst du das?!"

„Ich?", stotterte ich und fühlte, wie sich mein Kopf mit Blut füllte und ich wohl eine puterrote Birne bekam.

„Du schiebst mir jetzt das Fahrrad nach Hause und dort reparierst du es!"

Ich wollte mich wehren, alles leugnen und die Dringlichkeit meines Nachhausekommens betonen, aber er ließ mich nicht zu Wort kommen, drückte mir sein Fahrrad in die Hände und lief voraus. Also blieb mir nichts anderes übrig, als ihm zu folgen. So trottete ich brav hinter ihm her, ohne dass wir auf der ganzen Strecke auch nur ein Wort wechselten. Bei ihm zu Hause angekommen, hatte er die Sprache wieder gefunden.

„Na, Bonita, hat sich der Spaß denn nun gelohnt?", fragte er grinsend.

„Aber …"

„Lass gut sein. Sieh zu, dass du Leine gewinnst." Damit entließ er mich. Und ich hatte nichts Eiligeres zu tun, als meinen Heimweg anzutreten.

Ob er wirklich wusste, dass ich der Übeltäter war, habe ich nie herausgefunden. Er hat mich nie mehr auf diesen Vorfall angesprochen. Und auch in unserem gemeinsamen Unterricht sprach er mich nicht mehr darauf an. Wenngleich ihm jedes Mal ein leichtes Zucken in den Mundwinkeln anzumerken war, wenn ich etwas vorsingen musste und wieder einmal nicht die Töne traf. Da ich aber in der Musiktheorie einiges wieder herausholte, konnte ich meine Musiknote moderat gestalten.

Viola Poggenpohl war für mich schließlich endgültig verloren. Sie hing sich an den Hals eines Mitschülers aus der zehnten Klasse. Heute ist sie doppelt so breit, hat drei Kinder und kurze Haare. Und ich? Ach, vergessen Sie's!

Der Profi

Luigi Spinola wartete. Das Wetter machte ihm zu schaffen. Seit Stunden regnete es. Dazu drang eine feuchte Kälte durch seinen Körper, ließ ihn erschauern. Davon hatte der Pate nichts gesagt. Luigi hatte nur den Befehl entgegengenommen: „Regel das!" Was das hieß, wusste er genau. Das bedurfte keiner weiteren Worte. Nur, bisher hatte er seine Aufträge in Palermo oder Neapel erledigt. Und da schien die Sonne, gab es keine feuchte Kälte. Selbst im Winter nicht. Zumindest konnte Luigi sich nicht daran erinnern.

Aber nun stand er hier in Hamburg in einer Häusernische und fröstelte. Seine Finger waren klamm, drohten als sein wichtigstes Werkzeug zu versagen. Auch wenn die Pistole, die er in der rechten Hand, versteckt hinter einer geknickten Zeitung, hielt, sein eigentliches Werkzeug war. Doch eine ruhige Hand mit einem funktionierenden Zeigefinger war absolut wichtig, um seinen Job sauber zu erledigen.

Um fünf Uhr hatten sie ihm in Palermo gesagt, jeden Morgen um fünf Uhr in der Früh fährt Antonio zum Großmarkt, um für sein Restaurant einzukaufen, dann hast du die beste Chance, ihn unbemerkt zu erwischen. Entsprechend hatte sich Luigi am Vortag einen geeigneten Platz gegenüber von Antonios Wohnung ausgesucht und bezog diesen Posten bereits eine halbe Stunde früher.

Und nun dieser Regen und Antonio war auch um zehn nach fünf immer noch nicht aufgetaucht. Luigi stieß einen verächtlichen Ton aus. Antonio, dieser Idiot. Warum musste er sich gerade mit dem Paten anlegen. Hätte die Schutzgelder bezahlen sollen. Erst recht, nachdem man ihm eine Lektion erteilt und ihm die Restauranteinrichtung in Einzelteile zerlegt hatte. Aber nein, er musste ja auf seine deutsche Frau hören, die ihm gesagt hatte, dass sie hier nicht auf Sizilien sondern in Hamburg wohnten. Und nach der Lektion war diese Teutonin dann auch noch zur Polizei gerannt und hatte Strafanzeige gestellt. Gegen den Paten! Dabei war dieser ebenso wie für

Luigi auch für Antonio der Onkel, na ja, nicht direkt, aber um zehn Ecken.

Nein, Antonio war ein Dummkopf, der es nicht besser verdient hatte. Luigi hatte sich darauf eingestellt, die Sache schnell und effizient zu erledigen. Sowie Antonio aus dem Haus trat, würde er zwei Schritte vortreten, zweimal den Zeigefinger krümmen, zweimal das Plopp Plopp der mit einem Schalldämpfer versehenen Pistole hören, sich vergewissern, dass die Sache erledigt war, raschen aber ruhigen Schrittes in die Parallelstraße eilen, wo er seinen Wagen abgestellt hatte und auf dem schnellsten Wege rüber nach Dänemark fahren. Dort würde er in Kopenhagen bei einem Verwandten übernachten und am nächsten Morgen die Maschine nach Rom und von dort weiter nach Palermo nehmen. So war es geplant. Und nun ließ Antonio, dieser Trottel, auf sich warten.

Luigi war versucht, sich eine Zigarette anzuzünden. Aber er war Profi genug, um zu wissen, dass jede Spur, die er hinterließ, die Polizei auf seine Fährte bringen könnte. Bisher hatte er seine Aufträge immer, ohne Spuren zu hinterlassen, erledigt. Und so sollte es auch bleiben. Er klemmte Zeitung und Pistole unter den rechten Arm und steckte die Hände in die Taschen. Seine Füße waren eiskalt und er dachte an einen Roman von so einem verrückten Finnen, den er vor Kurzem gelesen hatte. Da waren einem sizilianischen Auftragskiller im kalten Lappland, während dieser auf sein Opfer wartete, der rechte Fuß und Zehen des linken Fußes erfroren. Fuß und Zehen mussten amputiert werden. Luigi war über diese infame Geschichte, in der sein und insbesondere der sizilianische Berufsstand aufs Äußerste diffamiert und lächerlich gemacht wurde, so erbost, dass er nach Finnland reisen wollte, um diesen Schreiberling zu liquidieren. Aber Rosa, seine Schwester, hatte ihn zurückgehalten und ihm gesagt, dass das doch literarische Freiheit sei, einen Auftragskiller zum Tölpel zu machen. Nun ja, diese besagte Geschichte spielte oben in Lappland bei minus vierzig Grad. Hier war Hamburg, aber die gefühlte Temperatur für einen Sonne gewohnten Sizilianer war ähnlich. Luigi trippelte auf seinen Füßen, um diese zu durchbluten. Aber das verursachte Geräusche. Und so ließ er es bleiben und fror lieber.

Antonio konnte noch nicht weg sein, denn sein Lieferwagen stand nach wie vor in der Straße. Luigi kannte Antonio. Sie waren zusammen zur Schule gegangen und hin und wieder hatte man sich auch bei Onkel Salvatore, dem Paten, bei Feierlichkeiten getroffen. Antonio hatte zu den Kindern gehört, die Luigi verhöhnten und ihn Pinoccio nannten, weil Luigi von kleiner, schmächtiger Gestalt war und eine spitze Nase sein Gesicht zierte. Das hatte Luigi nicht vergessen. Um so mehr gefiel ihm dieser Job, es dem entfernten Verwandten und Peiniger jetzt mal so richtig zu zeigen. Er spürte die Macht, die er über Antonio hatte. Über Luigis Lippen zog ein freudiges Lächeln. Er würde seinen Plan ändern. Ja, Antonio sollte in den letzten Sekunden seines Lebens sehen, wer ihn in die Verdammnis schickte. Luigi würde aus seinem Versteck treten, Antonio rufen, drei Sekunden warten und dann, wenn dieser ihn mit großen, entsetzten Augen anstarrte, ja dann …

Luigi schaute auf die Uhr. Verdammte Italiener, schimpfte er innerlich, selbst zu ihrem Tod kommen sie zu spät. Plötzlich öffnete sich eine Haustür. Luigi zuckte zusammen, riss die Hände aus den Hosentaschen, die Pistole fiel scheppernd auf den Boden, die Zeitung flatterte bedeckend darüber. Luigi stieg Hitze in den Kopf. Rasch hob er Zeitung und Pistole auf, atmete zweimal kurz und kräftig durch und lugte vorsichtig um die Ecke. Ein Opa war mit seinem Hund auf die Straße getreten, ließ den Köter an einem Baum pinkeln. Man, verschwinde, wollte Luigi schreien, doch der Opa hätte ihn nicht verstanden und ihn nur später eventuell der Polizei beschreiben können.

Halb sechs und Antonio war immer noch nicht erschienen. Der Regen hatte an Intensität zugenommen. Luigi fluchte. Sollte er das Unternehmen für heute abbrechen und auf morgen hoffen? Nein! Mit jeder Minute, die er länger in dieser Stadt verbringen würde, würde er sich in Gefahr begeben. So hatte er auch früher seine Jobs erledigt: Anreise, Örtlichkeit erkundschaften, Job erledigen, abreisen. Ohne eine einzige Spur zu hinterlassen, selbst die Patronenhülsen hatte er aufgesammelt und bei passender Gelegenheit entsorgt. Er war das Phantom, auf das sich der Pate verlassen konnte. Und so sollte es auch hier sein.

Luigi lugte noch einmal um die Ecke. Der Opa war mit seinem Köter drei Blocks weiter gegangen, aber immer noch zu nah. Also musste Luigi, wenn Antonio nun aus der Tür treten würde, auf seine persönliche Rache verzichten, sich nur auf seinen Job konzentrieren und verschwinden. Schade, Luigi bedauerte das, aber die da oben würden Antonio schon sagen, wer ihn ins Jenseits befördert hatte.

Jetzt, in diesem Moment, da Luigi die Änderung seines Planes aufgrund der geänderten Situation beschlossen hatte, öffnete sich plötzlich Antonios Haustür. Luigi atmete zweimal kräftig aus, vergewisserte sich, dass seine Pistole entsichert war, hielt die Pistole mit beiden Händen zum Boden gerichtet, holte tief Luft, sprang mit zwei Schritten aus seinem Versteck, brachte die Pistole in Anschlag und …

Es machte einmal Plopp und Luigi sank zu Boden. Antonio drehte sich um, ging auf den im Regen liegenden Killer zu, stieß mit dem Fuß Luigi die Pistole aus der Hand und beugte sich zu dem sterbenden Sizilianer hinunter. „Ciau, Luigi", flüsterte Antonio, „Scheiß Wetter hier in Hamburg, was? Und dann lass ich dich auch noch so lange warten. Tja, mein Lieber, hättest Paola, meiner Cousine, nicht verraten sollen, dass du nach Hamburg fährst. Habe halt immer noch gute Kontakte nach Palermo. Und in deinem Job findet man immer einen, der besser ist als du, wie du merkst."

Und während aus der Ferne Martinshörner erklangen und Luigi seinen letzten Atemzug aushauchte, bestieg Antonio seinen Lieferwagen und fuhr zum Großmarkt.

Schattenbewegung

„Matt", sagte Kampke, und sein Gesicht bekam jenen triumphierenden Ausdruck, den es immer zeigte, wenn er den Gesunden einen Sieg abgerungen hatte. Petruschka starrte auf die Figuren, den Kopf in beide Hände gestützt. Auch für ihn war es eine typische Haltung, geschlagen ohne Hoffnung, aussichtslos wie sein Leben.

„Mach dir man nichts draus", versuchte ihn Kampke aufzumuntern. Innerlich aber feixte er sich einen, freute sich riesig, seinen Freund bezwungen zu haben. „Ich geb dir Revanche", fügte er hinzu.

Petruschka winkte ab. „Lass gut sein, Hans", sagte er, „für heute reicht's mir. Zwei Niederlagen an einem Tag, das muss der kräftigste Mann erst einmal verkraften."

Er zündete sich eine Zigarette an und sog nervös an ihr.

„Wieso zwei?", fragte Kampke, „Hast du dich heute morgen etwa wieder vergeblich vorgestellt?"

Petruschka nickte abwesend, so als wäre er mit seinen Gedanken ganz woanders.

„Nun erzähl schon", forderte ihn der im Rollstuhl sitzende Kampke auf.

„Was soll ich da erzählen?", erwiderte Petruschka, „es ist doch immer dasselbe. Wie oft habe ich das nun schon gehört: ausgezeichnete Zeugnisse, Herr Petruschka, aber tut uns leid, die Stelle ist leider schon besetzt. Dabei könnt ich schwören, sie war es nicht."

Sein blasses Gesicht errötete vor Zorn und er drückte wütend die halb gerauchte Zigarette im Aschenbecher aus. Er machte einen kranken Eindruck, sein ohnehin nicht kräftiger Körper spiegelte die schlaffe Haltung seiner Seele wieder. In seinen dunkelbraunen, struppigen Haaren sprossen mehr und mehr graue Strähnen. Nervös fingerte er an den Schachfiguren, versuchte sie in die Ausgangsstellungen zu bringen, ertappte sich aber mehrfach dabei, die falsche Position für die eine oder andere Figur gewählt zu haben.

„Du willst doch nicht aufgeben, Mann! Sieh mich an! Ein nutzloser Krüppel, der im Rollstuhl sitzt, zu nichts mehr nütze und das Leben geht trotzdem weiter, ob du willst oder nicht!"

„Das ist es ja", entgegnete Petruschka resigniert, „das Leben geht weiter, ob du willst oder nicht, es sei denn, du hast den Mut und ..."

„Jetzt mach aber mal nen Punkt", herrschte Kampke seinen Freund an, „Mensch, du bist jung, hast Familie und irgendwann hört auch mal deine Pechsträhne auf."

Kampke bückte sich über den Tisch seinem Freund entgegen und klopfte ihm freundschaftlich, aufmunternd auf die Schulter. Seine Beine baumelten kraftlos herunter, aber sein Oberkörper machte einen frischen, kräftigen Eindruck. Dafür tat dieser Mensch, der allen Grund gehabt hätte, sich vom Leben abzuwenden, aber auch etwas. Jeden Tag absolvierte er seine Freiübungen, arbeitete mit Hanteln, Gewichten und Expander, so dass er sich fit fühlte, Bäume hätte ausreißen können, wenn seine Beine es mitgemacht hätten. Die aber hatten ihn, seit er von einem Auto angefahren wurde, im Stich gelassen. Er war ab der Hüfte gelähmt und es gab keine Hoffnung, dass je eine Besserung eintreten würde.

Petruschka lachte höhnisch. „Du hast gut reden. Gerade du solltest wissen, wie beschissen das Leben ist."

„Erzähl doch nichts", ereiferte sich Kampke, „man muss nur wollen, reiß dich zusammen und halt den Kopf nach oben! Es ist doch alles nur eine Einstellung zu den Dingen. Du musst das Leben positiver nehmen."

„Wie lange meinst du denn, dass ein Mann das aushält, hm? Immer wieder Kopf hoch, nach jedem Nackenschlag, jeden Tag, jeden Morgen und das nun schon über ein Jahr. Und sag nicht, dass ich nicht will. Ich will, ich will! Aber man lässt mich nicht." Petruschka war aufgesprungen und ging wütend im Zimmer auf und ab.

„Mensch, Klaus, komm, beruhige dich und setz dich wieder hin", besänftigte ihn Kampke, „Irgendwann und irgendwie wird es auch mit dir wieder aufwärts gehen. Schau mich an ..."

„Ach du", schrie Petruschka, „du, du, immer schiebst du dich zum Vorbild. Verflucht noch mal, lass mich doch in Ruh!" Er stürzte aus dem Zimmer und knallte die Tür hinter sich zu.

„Klaus!", rief Kampke ihm nach, aber er hörte nur noch, wie die Haustür zuschlug und sich die raschen Schritte auf dem Gehweg entfernten.

Hans Kampke rollte in seinem Rollstuhl zum Fenster und sah seinem Freund hinterher. Er konnte ihn nur zu gut verstehen und war ihm keineswegs böse. Das Leben hatte beiden alles abverlangt und stellte sie jeden Tag aufs Neue auf die härteste Probe. So stark, wie Kampke sich gegenüber seiner Umwelt gab, war er in Wirklichkeit nicht. Nächte lang lag er wach in seinem Bett und Tränen der Verbitterung rannen ihm die Wangen entlang.

Immer wieder stellte er sich die quälende Frage: Warum gerade ich? Warum muss ich als Krüppel weiterleben? Nicht selten dachte er darüber nach, seinem Rest an Leben ein Ende zu setzen. Aber das waren dann wiederum die Momente, wo er sich neue Kraft gab, wo er sich zusammenriss und sich sagte: jetzt erst recht! Ich werde es ihnen zeigen. Ich schaffe es! Und dann zwang er all die guten Seiten seines Daseins in sein Gedächtnis, und wieder war ein Tag gewonnen.

Kampke kannte das Leben auch von seiner anderen Seite, der besseren, wie er es nannte. Es bedurfte nur eines kleinen Augenblicks, um ihn auf die andere, dunklere zu schubsen. Das war es auch, was ihn so zu schaffen machte: Sekunden, vielleicht zwei Schritte, entschieden über sein Schicksal. Plötzlich, so als wenn man von einen hellen in einen dunklen Raum tritt, änderte sich sein Leben. Wenn allen gesunden Menschen dieses bewusst wäre, dachte Kampke, dass sich auch ihr Schicksal in Sekundenschnelle wenden könnte, dass sie praktisch immer am Abgrund spazieren gehen, wie intensiv müssten sie ihre Gesundheit genießen und sie pflegen. Aber sie tun es nicht, sie nehmen es als selbstverständlich hin und schauen herablassend auf diejenigen, denen das Schicksal einen Stoß gegeben hat.

Kampke seufzte verbittert. Er konnte die Bilder nicht vergessen, die sich ihm aus seiner Vergangenheit eingeprägt hatten. Ohnehin kam es ihm ins Bewusstsein, war alles das, was vor seinem Unfall lag, Vergangenheit, alles das, was seit dem geschah, Gegenwart, eine Zukunft gab es nicht. Er sah sich beim Training über den Fußballplatz laufen, bis zur vollen Erschöpfung. Er verlangte seinem Körper alles ab, war vom Ehrgeiz besessen, nie aufzugeben, immer der Erste zu sein. Einerseits schätzten ihn seine Kameraden deswegen, andererseits machte es ihn unbequem und man hielt einen reservierten Abstand. So wie er sich auf dem Fußballfeld verhalten hatte, so war auch alles andere in seinem Leben von Ehrgeiz angepackt und bewältigt worden. Sein Wille hatte über alle Widerwärtigkeiten obsiegt und ihn auf eine Woge des Erfolges hinfort geschwemmt, bis er am Strand zerschlug, und sein Traum ein jähes Ende fand.

Nach seinem Studium hatte er als Tiefbauingenieur im Pipelinebau eine Stellung gefunden, reiste durch die arabischen Länder, zog mit Bautrupps durch Deutschland und verdiente eine Menge Moos, wie er so gerne sagte. Alles aber endete an zwei Sekunden, die er zu spät reagierte.

Kampke hatte seinen Urlaub zu Hause verbracht, wollte endlich mal ein paar ruhige Tage verleben und mit viel Zeit sein im letzten Jahr erworbenes Reihenhaus einrichten. Es war an einem dieser widerlichen Herbsttage, an denen man am besten mit dem Hintern im Bett bleiben möchte. Nieselregen setzte sich auf das gefallene Laub nieder und machte die Straßen rutschig wie eine Eisbahn. Kampke war entgegen aller Gewohnheiten mit der Straßenbahn zum Einkaufen gefahren. Er hatte keine Lust, mit dem Auto mühselig einen Parkplatz zu suchen. Als er auf dem Heimweg die Haltestelle verließ und mit Paketen beladen die Straße überquerte, übersah er ein heranpreschendes Auto. Erst als der Fahrer in seiner Angst hupte und Kampke das Fahrzeug auf sich zurutschen sah, bemerkte er seinen Fehltritt. Ein Sprung zur Seite und nichts wäre passiert. Aber der Schock lähmte ihn, ließ ihn erstarren. Das Auto wirbelte ihn durch die Luft und zog den Strich zwischen Vergangenheit und Gegenwart. Das, was von Kampke nach monatelangem Krankenhausaufenthalt übrigblieb, war ein Mann, der nur noch ab der Hüfte aufwärts lebte.

Kampke begrub sein Gesicht in beide Hände. Wieder verspürte er den Schock von damals, aber so oft er ihn auch in den letzten Jahren gefühlt hatte, es gab keinen erneuten Aufprall und kein Erwachen als gesunder Mensch. Es blieb alles so, wie es war. Er rieb sich die aufkeimenden Tränen aus den Augen und kämpfte gegen die Schwermut an. Alles hat seinen Sinn, sagte er sich trotzig. Wenn ich der Krüppel sein soll, so bin ich es. Also Leben, wo bist du? Stell dich zum Kampf, ich gebe nicht auf! Ich nicht!

Die Kinder von Joseph und Anna

Joseph wurde 1873 in Lonschnik/ Oberschlesien geboren. Seine Eltern, Urban und Susanna, waren einfache Leute, die sich als Landarbeiter mehr schlecht als recht durchs Leben schlugen und gegenüber ihren Kindern ein emotionsloses, strenges Regiment führten. Das hatte seine Auswirkungen auf Joseph, der sein Leben fortan ebenso gefühllos und hart gegenüber seinen späteren Kindern führte. Mit fünfundzwanzig heiratete er die zwei Jahre jüngere Johanna und zeugte mit ihr Emilie. Doch die Mutter starb noch im Kindsbett und so war Joseph mit seiner Tochter auf sich alleine gestellt. Also musste schnell eine neue Frau her, die ihm die Erziehung der Tochter und die Hausarbeit abnahm. Er lernte Anna kennen, die ihm den Haushalt führte und die Betreuung Emilies übernahm.

Die Zeiten im äußersten Winkel Schlesiens wurden härter. Joseph verlor seine Arbeit und entschied sich, mit Anna und dem Kind nach Westen umzusiedeln. Sie landeten in Delmenhorst, wo Arbeiter für eine Woll- und Kammgarnspinnerei gesucht wurden. Doch es hatte sich bereits ein Treck von Tausenden Menschen auf den Weg gemacht und sie kamen zu spät. Joseph musste nach Wilhelmshaven, wo er für die aufstrebende kaiserliche Marine Kohlen in die Bäuche der Dampfschiffe schaufeln musste. Da kam dann doch noch das Signal aus der Fabrik zwischen Bremen und Oldenburg, er könne dort als Aufseher für die an den Spindeln arbeitenden Frauen anfangen.

Das gab dem Paar die Sicherheit, eine Existenz aufzubauen. Erzkatholisch heirateten sie 1902 und mit der Geburt des ersten Sohnes Paul 1905 bezogen sie ihr Haus mit dem großen Grundstück, auf dem Gemüse angepflanzt wurde. Als Paul knapp vier Jahre alt war, bekam er einen Bruder, der nach dem Vater ebenfalls Joseph genannt, aber Jost gerufen wurde. 1911 gesellte sich Karl dazu und drei Jahre später erblickte Georg das Licht der Welt. Komplettiert wurde die Familie durch

Reinhard, der 1916 geboren wurde, und Emma, die 1920 als Nachzüglerin und letztes Kind von Anna und Joseph die Familie bereicherte. Da hatte das Familienoberhaupt seine erste Tochter Emilie bereits aus dem Haus gejagt, da sie sich nicht so verhielt, wie es der Hausdespot verlangte. Denn Joseph duldete keine Widerworte. Gehorchte eines der Kinder nicht, gab es was mit dem Gürtel auf den „Morschen". Er zog seinen Lederriemen aus der Hose, griff sich das Kind, meistens ja einen der Jungen, zog ihm die Hose runter und schlug kräftig zu, dass sich rote Striemen auf dem Allerwertesten abzeichneten.

Mit sieben Kindern lebte die Familie in spärlichen Verhältnissen. So war es das Gebot, die Jungen und Mädchen schnell durch die Schule und in einen Broterwerb zu bringen. Schlechte Noten wurden mit Prügel „belohnt". An den Besuch einer höheren Schule war als Arbeiterkind in der Zeit ohnehin nicht zu denken.

Die Jungen bildeten einen verschworenen Clan, der in der Gegend bei anderen Kindern Respekt einflößte. Denn wehe, man legte sich mit einem aus der Sippe an, dann konnte man sich sicher sein, dass die Rache der Brüder auf dem Fuße folgte. Und Emma, das Nesthäkchen, genoss den besonderen Schutz ihrer größeren Brüder.

Mit jeder Schulentlassung hörte man im Haus ein deutliches Aufatmen, war man doch einen Kostgänger, der nichts zum Familienunterhalt beitrug, weniger. Was aber aus den Kindern wurde, bestimmte der „Alte". So war es für ihn klar, dass seine Söhne ebenfalls als Arbeiter in der „Wolle" anfingen. Bei Paul, Jost und Georg hatte das auch geklappt. Nur Karl und Reinhard widersetzten sich dem Diktat ihres Vaters. Karl wollte unbedingt zur See fahren und sabotierte seine abkommandierte Arbeit in Fabrik und anderen Lehrherren so lange, bis ihn Joseph packte und nach Bremen in den Fischereihafen schleppte und ihn ohne jegliche Ausrüstung bei eisiger Winterkälte auf einen Fischtrawler anheuern ließ.

Reinhard hatte sich durchgesetzt und durfte Schweißer lernen und arbeitete bis Kriegsausbruch in einer Bremer Firma. Die sechzehn Kilometer zum Arbeitsplatz musste er bei Wind und Wetter mit dem Rad abstrampeln.

Kurz nach Kriegsausbruch verstarb Joseph ganz plötzlich. Von den Söhnen waren zu diesem Zeitpunkt lediglich Paul und Jost zu Hause, während Karl auf großer Fahrt vor Südamerika Zubringerdienste für die deutsche Kriegsmarine fuhr, Reinhard als Matrose auf dem Kreuzer Graf Spee seinen Militärdienst versah und Georg darauf wartete, auf Hitlers Befehl in Russland einzumarschieren.

Wie durch ein Wunder hatten die jungen Männer die Wirren des Krieges überlebt. Zwar gerieten Georg und Reinhard in Kriegsgefangenschaft, Karl war bereits bei Kriegsausbruch von der englischen Marine vor Südamerika aufgegriffen worden und bis Kriegsende auf Jamaika interniert, aber die Familie hatte durch Hitlers Wahnsinn kein Familienmitglied verloren. Und doch führten die Reste des Krieges noch zum Tod eines der Jungen. Jost hatte mit ein paar Kumpeln Altmetall gesammelt und war auf einen Blindgänger gestoßen, dessen Metall einige Mark versprach. Aber die Bombe hatte ihren Dienst verspätet verrichtet und den Zweitgeborenen in den Tod gerissen.

Die Heimkehrer lebten noch einige Zeit gemeinsam in dem von den Eltern erbauten Haus. Aber mit der Vergrößerung der Familie durch Heirat und Kinder wurde dieses schließlich zu klein. Paul, Karl und Emma zogen aus, während Reinhard und Georg mit der Mutter dort wohnen blieben.

Anna starb fünfundneunzigjährig. Ihre Kinder leben heute auch nicht mehr. Aber sie hinterließen selbst wiederum acht Kinder, die bis heute sieben Enkel und neun Urenkel dem Stammbaum beifügten.

Dreizehn Bohnen und vierzehn Tassen

Meine Mutter war im Grunde eine lebensfrohe Frau, auch wenn das Schicksal es mit ihr nicht immer so gut gemeint hatte. Ihre Eltern starben bei einem Unfall, sie wuchs bei der Schwester ihrer Mutter auf und ihr erster Mann starb im Russlandfeldzug. Sie blieb alleine mit ihrem kranken Sohn zurück.

Während der letzten Kriegsjahre hatte sie das Glück, auf dem Bauernhof der Familie ihres ersten Mannes unterzukommen. Das ersparte ihr die Bombennächte in Hamburg. Auf dem Lande lernte sie alle Fähigkeiten, die man auf einem landwirtschaftlichen Betrieb benötigte.

Als der Krieg endlich zu Ende war, traf sie meinen Vater, der aus Kriegsgefangenschaft heimgekehrt war, bei einer Tanzveranstaltung. Das Leben hatte wieder etwas Lebenswertes, auch wenn nach der Heirat die Räumlichkeiten, in denen sie wohnten, sehr beengt waren. Aber bald schon konnte man mit beiden Söhnen, ich hatte neun Monate nach der Hochzeitsnacht das Licht der Welt erblickt, in eine andere Wohnung ziehen, die nicht mehr so eng war. Hier konnte sie nun auch all die Fähigkeiten, die sie auf dem Lande erlernt hatte, nutzbringend anwenden, denn der Hausbesitzer verfügte über größere Ländereien, auf denen Getreide und Kartoffeln angepflanzt wurden. Und es war das Natürlichste von der Welt, dass alle mit anpackten, wenn Erntezeit war.

Ich sehe meine Mutter immer noch die Sense schwingend das Korn mähen, das in mehreren Garben aufgehockt wurde, in denen wir Kinder Verstecken spielten. Nach der Kartoffelernte rösteten wir Kartoffeln auf Stöcken gespießt im Feuer des Kartoffelkrautes. Und trotz der harten Arbeit war meine Mutter immer gut gelaunt.

Wir hatten es nicht üppig, Vater war einfacher Fabrikarbeiter und Mutter musste in der Stadt im Kaufhaus als Verkäuferin arbeiten. Aber sie verstand es immer, uns allen ein schönes Zuhause zu bereiten, und umsorgte uns mit viel Liebe.

Auch sehe ich sie noch an ihrem Klavier sitzen, das sie von ihrer Mutter – wir wussten damals noch nicht, dass es nicht unsere richtige Großmutter war – geerbt hatte und das, trotz räumlicher Beengtheit, in unserem Wohnzimmer stand. Hin und wieder spielte sie uns etwas vor oder schlug bei irgendwelchen Feierlichkeiten in die Tasten. Bei irgendeinem Umzug war das Klavier dann „abhanden gekommen". Noch heute trauere ich der verpassten Chance nach, Klavierspielen zu lernen, denn mehr als zum Flohwalzer brachte ich es nicht. Mutter war eine temperamentvolle Frau, die sich auch nicht alles gefallen ließ. Wenn sie sich ungerecht behandelt fühlte, dann konnte sie auch schon mal kräftig ihre Meinung sagen. Vater wurde davon auch nicht verschont. Und wenn irgendetwas schieflief oder nicht klappte, dann pflegte sie auszurufen: „Nicht zu fassen, dreizehn Bohnen und vierzehn Tassen." Wir lachten und irgendwie wurde die Sache dann „geradegebogen". Das war es auch, was sie auszeichnete, sie war im Stande, vieles, das ihre Söhne verbockt hatten, wieder zu reparieren oder zumindest die überschäumenden Wogen zu glätten. Sie fand immer tröstende Worte und deckte so manches mit dem Mantel der Liebe zu.

Zu selten fand sie wirklich Zeit für sich. Sie hatte neben der musischen auch eine malerische Begabung. Noch heute zieren Bilder und Zeichnungen von ihr unsere Dielenwände. Aber Familie und Arbeit ließen ihr keine Ruhe, ihre Begabungen auszuleben. Dafür verband sie das Nützliche mit dem Praktischen, sie strickte leidenschaftlich gerne, erst für ihre Jungen, ihren Mann und sich, dann auch für die Schwiegertochter und Enkelkinder. Alle wurden mit reichlich Wollsachen bedacht.

Nicht vergessen werde ich, dass sie mich – mein Vater musste arbeiten – zu meinem ersten Rendezvous mit meiner späteren Frau fuhr. Ich hatte noch keinen Führerschein und sie erklärte sich sofort bereit, mich in die entfernte Stadt zu fahren, um sich dort dezent im Hintergrund zu halten. Auf dem Heimweg fragte sie mich auch nicht aus. Ich hätte sowieso nichts erzählt.

Mutter sorgte dafür, dass sich all unsere Freunde bei uns wohl fühlten, sie gab ihnen das Gefühl, dass sie zur Familie gehörten und gerngesehene Gäste waren. Mutters Kartoffelpuffer erlangten Stadtbekanntheit. Ein Großteil meiner Fußballmannschaft kam immer wieder gerne zu uns, um die selbstgemachten Kartoffelpuffer genusshaft zu vertilgen. Und trotz unserer wirtschaftlichen Beengtheit konnten all unsere Freunde, die wir zum Mittagessen aus der Schule mitbrachten, am Essen teilhaben.

Ja, sie war diejenige, die unser Zuhause zu einem Hort der Geborgenheit und Gemütlichkeit machte. Mit ihrer unbändigen Fürsorge und Liebe, ihrer Offenherzigkeit und ihrem Humor sorgte sie dafür, dass wir eine wundervolle Jugendzeit erleben konnten. Leider schlichen sich mit dem Älterwerden dann doch größere Sorgen in unsere Familie, denn ihr erster Sohn war und blieb das Sorgenkind. Mit unendlicher Geduld und Liebe verzieh sie ihm alle Kapriolen, unterstützte ihn am Willen meines Vaters vorbei mit vom Munde abgespartem Geld, denn mein Bruder war ein Luftikus und Bruder Leichtfuß, der sich in vielerlei Schwierigkeiten manövrierte. Als er an Multiple Sklerose erkrankte, wurde ihre Bindung noch enger. Um so tragischer war es dann, als ich ihn mit meiner Mutter tot in seinem Rollstuhl vorfand. Es dauerte Jahre bis sie über diesen tragischen Tod hinwegkam.

Die überschüssige Liebe, die sie nun zu vergeben hatte, schenkte sie ihren Enkelkindern, die sie von vorne bis hinten betüdelte. Es wurde ihre neue Lebensaufgabe, das Größerwerden meiner Kinder tatkräftig zu begleiten. Um so tragischer waren die Anzeichen, die sich schleichend bemerkbar machten, und die wir mit Schrecken feststellen mussten. Sie vergaß das ihr gerade Erzählte und fragte erneut danach. Meine Versuche, mit ihr einen Arzt aufzusuchen, wehrte sie energisch ab. Sie sei doch nicht bekloppt, sagte sie. Schließlich führte kein Weg mehr daran vorbei, aber es war bereits zu spät. Die Krankheit entfremdete sie immer mehr. Aus der hilfsbereiten, herzlichen Frau war eine hilflose in sich gefangene Person geworden, die ihre Umwelt nicht mehr wahrnehmen konnte. Für uns Angehörige ein schier herzzerreißendes Drama, diese Tragödie miterleben zu müssen.

Nach langem Dahinsiechen fand sie endlich ihre Ruhe, wurde sie von ihren Qualen erlöst. In unseren Gedanken aber lebt sie weiter als die fürsorgliche, überaus herzliche Mutter, die, wenn etwas schieflief, ausrief: „Nicht zu fassen, dreizehn Bohnen und vierzehn Tassen!"

Ein unwiderstehlicher Coup

„Hei, Alter, wie geht`s?"

Eine mir unangenehm bekannte Stimme brüllt von der gegenüberliegenden Straßenseite zu mir herüber. Ich bleibe stehen und schaue mich um. Da steht er, Hannes Kopalka, unnachahmlich, Trainingsanzug aus Ballonseide, wie ihn die Ruhrpottkanaken zu tragen pflegten, Capi und dunkle Sonnenbrille. Er strahlt über das ganze Gesicht und aus dem geöffneten Mund reflektiert die Sonne sich an einem seiner Goldzähne. Gestikulierend wartet er, bis der Verkehr ein Überqueren der Straße erlaubt, dann stürmt er auf mich zu. Ich hätte es mit der Angst bekommen und Reißaus nehmen sollen. Aber ich bleibe versteinert stehen und lass diesen kräftigen Menschen auf mich zu stürmen.

„Mensch, Alter, lange nicht gesehen", klopft er mir auf die Schulter und deutet einen Schlag in die Magengegend an. Ich zucke zusammen und er lacht.

„Na, Hannes, wieder auf Malle gewesen?", frage ich schüchtern.

„Nee, Mensch, weißte das denn nich?", brüllt er, dass ich mich umsehe, ob nicht mir Bekannte diese peinliche Szene beobachten. „Hab doch eingesessen", fährt er in gleicher Lautstärke fort, „haste das denn nich mitbekommen. Stand doch in allen Gazetten."

Die Situation wird mir immer peinlicher. Wie werde ich diesen unangenehmen Menschen bloß wieder los, ohne ihn zu beleidigen. Ich bin nun mal so, auch den mir unangenehmsten Menschen möchte ich nicht weh tun. Hannes schiebt mich zur Seite und bückt sich zu mir runter, denn er ist immerhin einen Kopf größer als ich und mindestens 20 Kilo schwerer. Eine Knoblauchfahne streicht mir unangenehm in die Nase. „Ich hab doch da mit dem Hubert son Ding gedreht, das dann schieflief. Haste davon nichts gehört?"

Ich zucke verneinend mit den Schultern, denn ich will davon auch gar nichts mehr wissen. Doch schon schiebt mich

Hannes in die hinter uns befindliche Kneipe und verspricht mir, alles genau bei einem Bierchen zu berichten.

Es ist noch Vormittag und ich trinke zu dieser Zeit eigentlich keinen Alkohol, aber Hannes ist so bestimmend, dass ich nicht widersprechen mag. Also lass ich mich von ihm durch die Tür in den Gastraum drängen. „Mach uns mal zwei Pilsken fertig, Herbert", brüllt Hannes dem Wirt entgegen und schiebt mich in eine Nische, wo er mich auf einen Stuhl drückt.

„Irgendein Schwein hat uns verpfiffen", beginnt Hannes seine Geschichte nun in etwas gedämpfteren Ton. „Der Hubert und ich hatten die Sache hundertpro ausbaldowert. Da konnte nichts schiefgehen. Tage- und nächtelang hatten wir den Laden beobachtet, wusste von nem Kumpel, dessen Kumpel dort arbeitete, dass die in der Halle geklaute Waren lagerten. Und immer am Vorletzten des Monats sollte der Tresor rappeldicke volle sein. Hubert ist da der Spezialist. Ich bin ja mehr für Logistik und so zuständig." Hannes unterbricht, während der Wirt uns zwei Gläser mit mehr Schaum als Bier auf den Tisch stellt. Hannes sieht dem Wirt nach, prostet mir zu und wischt sich nach einem kräftigen Schluck den Schaum vom Mund. „Also, alles in feuchten Tüchern. Wir also mit nem Transporter über die Rückseite des Geländes rein, mussten vorher den Zaun aufschneiden, aber kein Problem. Und während ich das Elektronikzeug in den Wagen schleppe, macht Hubert sich an'n Safe zu schaffen." Noch einmal unterbricht er und nimmt einen kräftigen Schluck Bier, hält das Glas zum Zeichen, dass es leer ist, in die Höhe. Der Wirt versteht ihn.

„Und wann seid ihr nun aufgeflogen?", erlaube ich mir zu fragen.

Hannes runzelt die Stirn. Genauso sah er früher immer aus, wenn er zum Strafstoß antrat und den Ball unwiderstehlich in das gegnerische Tor drosch. „Ja, wart mal ab, das war ein dolles Dinges. Also, Transporter voll, nischt ging mehr rein. Ich nach oben ins Büro und was find ich da vor?" Hannes kratzt sich im Nacken und ich seh, wie ihm langsam die Zornesröte ins Gesicht steigt. „Liegt doch der Wachmann flach vorm geöffneten Tresor und von Hubert weit und breit nichts zu sehen. Kannst dir ja vorstellen, wie blöd ich da aus der Wäsche geschaut hab."

Der Wirt bringt erneut zwei Biere, obwohl ich noch gar nicht ausgetrunken habe. Hannes reicht ihm sein leeres Glas und nimmt gleich wieder einen kräftigen Schluck, wischt sich mit dem Handrücken den Schaum ab. Mir wird immer mulmiger zu Mute. Am liebsten würde ich aufstehen und verschwinden, aber ich habe Angst, dass Hannes das falsch verstehen könnte. „Und weiter?", versuche ich neugierig zu fragen, obwohl ich seine Geschichte nicht weiter hören möchte.

„Kaum bin ich draußen auf dem Hof, tauchen auch schon die Bullen auf. Gleich mit drei Peterwagen. Keine Chance, denen zu entwischen. Also ergebe ich mich und werde festgenommen. Kein Schwein glaubt mir, dass ich dem Wachmann keins übergebraten habe, alle sind davon überzeugt, dass ich den platt gemacht und den Tresor geräumt hab."

„Aber hattest du denn das Geld aus dem Tresor?", frage ich nach, obwohl ich genau weiß, dass er es nicht hatte.

„I wo, das ist ja die Krux, Hubert hat immer behauptet, dass er den Wachmann hat kommen sehn, mich gewarnt haben will und ohne Beute verdampft ist. Jedenfalls haben die dann behauptet, ich hätte den Wachmann auf dem Gewissen und das Geld irgendwo versteckt."

„Aber wenn du den Safe nicht angefasst hast, haben die doch auch keine Fingerabdrücke von dir und …"

„Pah, die sagen, ich hätte Handschuhe getragen, die ich irgendwo entsorgt hätte."

„Und Hubert? Hast du das nicht richtig …"

„Sach mal, Alter, hältst du mich für ein Kameradenschwein?! Ich verpfeif doch keinen Kumpel", empört Hannes sich.

„Und dann haben die dich alleine verknackt?", frage ich. Hannes macht eine abwertende Handbewegung, setzt das Bier an und trinkt es in einem Zug aus. „Jo, Alter, für nichts und wieder nichts. Ich möchte bloß wissen, wer die Penunse an sich genommen hat."

„Der Wachmann?"

„Nee, der war echt hinüber, ist erst nach ein paar Tagen aus'm Koma aufgewacht."

„Und dein Kumpel Hubert?"

„Nee, nee, für Hubert leg ich meine Hand ins Feuer, wenn der sagt, er hat es nich, dann hat er's nich."

„Tja, Hannes, das ist denn ja wohl für dich dumm gelaufen, was?"

„Das kannst wohl sagen. Und ich sag dir, wenn ich das Schwein erwische, das uns da reingelegt hat, den mach ich platt. Willst noch'n Bier?"

„Nee, nee, Hannes, du, nimm's mir nicht übel, aber ich muss. Meine Frau wartet, ich sollte noch was zum Mittag einkaufen."

„Schon gut, Bernd." Hannes klopft mir mit seiner mächtigen Pranke auf die Schulter. „Stehst immer noch unterm Pantoffel, was? Herbert!", brüllt er durch den Raum, „der Herr hier bezahlt." Er zeigt auf mich. Na gut, das ist das kleinere Übel und ich kann es mir ja auch leisten. Also zahle ich, gebe Hannes zum Abschied die Hand, die sich in seiner wie in einem Schraubstock fühlt, und verlasse die Kellerkneipe.

Draußen blendet mich die Sonne und ich sehe die beiden Männer zunächst nicht, die neben dem Eingang stehen. Sie kommen auf mich zu, fragen mich nach meinem Namen und ehe ich mich versehe, sind meine Hände auf dem Rücken mit Handschellen gefesselt. Ich will wissen, was das soll, aber sie antworten nicht und führen mich wie einen Schwerverbrecher über den Marktplatz ab, dass alle Leute das Schauspiel beobachten können.

Auf der Polizeiwache wird mir dann offeriert, dass man durch die Beobachtung von Hannes auf mich als seinen Kumpel gestoßen sei, der wahrscheinlich das Geld aus dem Tresor an sich genommen hat. Ich spiele den Empörten und will von nichts wissen und gewusst haben. Sie halten mir vor, dass sie erst jetzt recherchiert hätten, dass ich zum Zeitpunkt des Raubes in der betreffenden Firma gearbeitet habe und mit Hannes gemeinsame Sache gemacht hätte. Ich mit diesem Primitivling Hannes! Die spinnen doch wohl! Nee, nee. Aber so ganz wohl fühle ich mich doch nicht und in rasender Geschwindigkeit rattern meine Gehirnzellen, checken alles ab, ob und wo ich einen Fehler gemacht haben könnte. Wenn mein Aufeinandertreffen mit Hannes heute und meine damalige Tätigkeit in der Firma alles ist, was diese Stümper zusammengetragen haben, dann brauch ich mir keine Sorgen zu machen.

Immer wieder reiten sie auf meiner Beziehung zu Hannes, wollen nicht einsehen, dass ich ihn wirklich nur aus alten Zeiten bei der TUS kenne, er als Vorstopper, der häufig mit roher Gewalt die Gegner umsenste, ich der Mittelstürmer, der mit feiner Technik die Gegner ausspielte. Alles so wie im richtigen Leben. Hannes, der Trottel, hatte sich bei seinem Coup nicht vergewissert, ob noch jemand im Bürotrakt arbeitete. Und Hubert, der Schisser, der beim ersten Geräusch das Weite suchte.

Nach vier Stunden Verhör geben die Bullen dann doch endlich auf, sehen ein, dass sie nichts Handfestes gegen mich vorzuweisen haben. Nichts als Vermutungen. Ich lach mir ins Fäustchen. Sie drohen mir, mich im Auge zu behalten und mich doch noch dranzukriegen. Fast hätte ich ihnen tröstend auf die Schulter geklopft, aber ich lass es dann doch sein. Sollen sie doch in dem Glauben bleiben, mir etwas nachweisen zu können. Dabei habe ich alles geregelt. Und im Frühjahr fahre ich wieder nach Italien, über die Schweiz und durch Liechtenstein. Da freue ich mich schon drauf!

Eine unbeschwerte Kindheit

Die Eltern meines Vaters waren 1908 aus Schlesien nach Delmenhorst gekommen. Die ortsansässige Wolle- und Jutespinnerei hatte ihnen ein besseres Leben versprochen. Insofern waren die Versprechungen nicht falsch, als dass sie nicht lange in den engen Jutehäusern hausen mussten, sondern rechtzeitig zur Geburt meines Vaters 1911 in ein eigenes Haus in der Grünenstraße ziehen konnten. In gewisser Weise wurde es aber auch hier eng, denn in den Jahren gesellten sich zu dem älteren Bruder und der Halbschwester, die der Vater aus erster Ehe mitgebracht hatte, weitere vier Brüder und eine Schwester.

Während des 2. Weltkrieges – über den ersten hatte mein Vater wohl mangels Erinnerung uns nie erzählt – blieben nur der jüngste Sohn und die jüngere Tochter – die ältere hatte mein Großvater bei Zeiten aus dem Haus geekelt – im Haus, die anderen vier Brüder hatten alle ihre Kriegserlebnisse und kehrten nach langen Jahren der Gefangenschaft überwiegend unversehrt nach Hause. So wurde auch für mich dieses Haus in den ersten Jahren mein Zuhause. Und ich erinnere mich immer noch an meine Oma – mein Großvater väterlicherseits war während des Krieges ohne Feindeinwirkung in Delmenhorst gestorben –, die klein und schrumpelig immer eine dunkel geblümte Kittelschürze trug und nie ihren schlesischen Dialekt vom „letzten Haus bei Grenze" ablegen konnte. Wie fast alle Schlesier war auch sie erzkatholisch. Und als sie bereits im höheren Alter über Schmerzen klagte, holte die noch im Haus wohnende Sippschaft statt eines Arztes den Pfarrer, der ihr die letzte Ölung verpassen sollte.

Als alle Kinder dann an ihrem vermeintlichen Sterbebett saßen, zeigte sie sich quietsch vergnügt und erfreute sich an dem Anblick ihrer Lieben. Mein Vater hatte, als auch er herbeigerufen wurde, zornig den Hausarzt benachrichtigt, der schließlich bei meiner Oma lediglich „verklemmte Blähungen" festgestellt hatte. Insofern war die letzte Ölung etwas verfrüht, denn immerhin brachte sie es noch auf stolze 96 Jahre. Wir in unserer Familie waren davon überzeugt, dass mein Vater es auch soweit bringen würde, aber nachdem meine Mutter bereits mit 79 verstarb, wollte mein Vater auch nicht mehr und er folgte ihr drei Wochen später im Alter von 89.

Die Großeltern mütterlicherseits stammten aus einer Hugenottenfamilie. Waren „Schöngeister", die das Theater, klassische Musik und Literatur liebten. Auch von ihnen habe ich nur meine Großmutter, die wir zur besseren Unterscheidung „Omi" nannten, kennengelernt. Der Großvater war leitender Angestellter in den Margarinewerken und soll ein herzlicher Mann gewesen sein, im Gegensatz zur „Omi". Im späteren Alter erfuhr ich von meiner Mutter, dass ihre Mutter entsetzt über ihre erneute Schwangerschaft gewesen war und mich kategorisch ablehnte. Als Kind wusste ich zwar immer um die engere Verbindung meines Bruder zur Omi, zumal dieser auch häufiger bei ihr übernachten durfte, aber es störte mich nicht. Denn während sie meinen Bruder verweichlichte, hatte ich ganz andere Interessen. Fußball war mein Lebensinhalt und wenn es sein musste, dann raufte ich mich auch mal mit anderen Jungen, verteilte Hiebe und steckte hin und wieder auch welche ein. Trotzdem kann ich mich erinnern, dass ich fürchterlich geheult habe, als an einem 6. Dezember die Nachricht kam, dass Omi gestorben sei. Mein Vater kommentierte das in seiner trockenen Art: „Die hat der Nikolaus geholt."

Mein Vater besaß den rauen Charme eines Arbeiters. Seine Gefühle versteckte er hinter einer harten Fassade, die nur dann bröckelte, wenn er zu tief ins Glas geschaut hatte. Dann war ich sein Sonnyboy und er nahm mich in die Arme und lobte mich. Mir war das zuwider. Ich fühlte mich hilflos in diesen Situationen und vor anderen Leuten war es mir peinlich. Dennoch hat er mir auch viel beigebracht. Wie man mit dem Fußball umging und beim Boxen die richtigen Stellen des Gegners traf. Hin und wieder, wenn er mal Zeit hatte, begleitete er mich zum Fußballplatz. Schon zu meinem 6.

Geburtstag hatte er dafür gesorgt, dass ich den grünweißen Dress des SSV Delmenhorst bekam und mich dort anmelden durfte.

Ich versuchte mich zunächst als Stürmer, aber irgendwann stand ich im Tor. Und seitdem war ich Torwart, was sich als Glück herausstellte, denn auf dem Posten hatte ich es bis in die Niedersachsenauswahl gebracht. Und bei einem Lehrgang in Barsinghausen, als Helmut Schön mit der deutschen Jugendauswahl dort weilte, die Prophezeiung von ihm erhalten, auch bald in die Nationalmannschaft berufen zu werden. Aber da spielten im reiferen Jugendalter dann die Hormone verrückt. Fußball war mit einem Male nicht mehr so wichtig. Das andere Geschlecht hatte auch so seine Reize. Immerhin erinnere ich mich noch, dass mein Vater mit mir 1963 das erste Bundesligaspiel zwischen Werder Bremen und Borussia Dortmund besuchte. Wir waren etwas zu spät gekommen und verpassten das erste Tor durch Timo Konietzka, konnten aber dennoch einen 3 zu 2 Sieg Werder Bremens bejubeln.

Meine Mutter war immer der ruhende Pol der Familie, auch wenn sie sehr temperamentvoll reagieren konnte. Sie gab uns Jungen ein wohlbehütetes Zuhause, hatte immer einen Schoß frei, wenn wir uns mal ausweinen mussten. Und sie verstand es, mit den bescheidenen Mitteln, die uns zur Verfügung standen, ein Heim zu schaffen, in dem wir uns wohl fühlten. Von ihren Eltern hatte sie ein Klavier geerbt, das wir bis zum zweiten Umzug besaßen. Wir lauschten ihr gerne, wenn sie diesem Monstrum Töne entlockte. Leider hatte ich es nur bis zum „Flohwalzer" gebracht. Ihre Musikalität wollte sich auf mich nicht übertragen. Ebenso erbte ich nicht ihre Zeichenkunst. Sie konnte herrliche Bilder malen, hatte leider nur viel zu wenig Zeit, um ihre Begabungen auszuleben, denn neben der Versorgung des Haushaltes, musste sie auch noch als Verkäuferin in dem großen Kaufhaus der Stadt arbeiten.

So wurde ich als Schüler dann auch Schlüsselkind. Und oft hatten mein Bruder und ich uns dann mit Spielen den Nachmittag vertrieben, ohne an unsere Hausaufgaben zu denken.

Dann gab es abends vor allem vom Vater Schelte. Bei mir war es in den ersten Schuljahren ja nicht weiter schlimm, denn ich kam ohne Schwierigkeiten mit, war einer der Besten. Das änderte sich erst, als ich nach bestandener Aufnahmeprüfung in die Realschule kam und glaubte, mir falle alles weiter so in den Schoß. Ich blieb gleich im ersten Jahr kleben, was eine Katastrophe war. Aber wie ich später so oft feststellen musste, entwickelte sich aus der Katastrophe ein Glücksfall. Ich hatte meine Lektion gelernt. Von nun an marschierte ich ohne Probleme zur mittleren Reife, absolvierte meine Lehre mit Auszeichnung und holte im etwas reiferen Alter mein Abitur nach.

Wenn ich an meine Kindheit denke, sind es vor allem Bilder der Zeit in der Moorkampstraße, die eine unbeschwerte, glückliche Kindheit widerspiegeln. Ich sehe mich mit den Freunden über die weiten Felder und Wiesen jagen: unbegrenzte Weite unter blauem Sonnenhimmel. Aber ich spüre auch noch den Ganter, wenn er mich mal wieder am Hintern erwischte, weil ich aus dem Gänsegehege den Fußball holen musste und nicht schnell genug war, um dem anflatternden Vieh zu entkommen. Oder wie ich mich in der großen Regentonne versteckte und die anderen Kinder mich nicht befreiten, bis mir die Nachbarsfrau eine helfende Hand reichte. Auch vergesse ich nie den Sommer, als auf dem Grundstück unseres Vermieters der Wohnwagen eines fahrenden Volkes campierte. Der Zigeunerjunge brachte uns das Radschlagen und den Salto bei. Schämen tue ich mich dafür, dass mein Bruder und ich feige aus einem Versteck heraus das Zigeunermädchen mit den Worten beschimpften: „Zigeunerlump hat Loch im Strumpf." Dafür hätte es fast zu recht Prügel ihres großen Bruders gegeben. Und dann war da auch noch die Suppe, die wir Jungen in unserem „Clubhaus" kochten und von der uns so schlecht wurde, dass wir alle am nächsten Tag nicht zur Schule konnten.

Nicht vergessen darf ich bei den Kindheitserinnerungen die vielen Tiere, die stets mein Leben begleitet haben. Meine

Katze, die so treu war, dass sie mich von der Schule abholte und meinen Wellensittich auf ihrem Kopf duldete, der ihre Barthaare durch seinen Schnabel zog. Die Kaninchen und Meerschweinchen, die unser „Clubhaus" bevölkerten und der weiße Spitz, den ich beim Umzug nicht mehr behalten durfte und den meine Tante in Obhut nahm.

Die Tiere leben alle nicht mehr, ebenso wie ich meine Kinder- und Jugendfreunde alle verloren habe. Obwohl wir so dicke Freunde waren, hat uns die Zeit auseinandergetrieben. Zurück blieben nur die Erinnerungen, die manchmal Wehmut aber auch Zufriedenheit erzeugen. Zufriedenheit, weil es die Gewissheit gibt, den Reichtum einer schönen, unbeschwerten Kindheit gehabt zu haben.

Joko und die Beichte

Joko war in den 50er Jahren mein bester Freund. Er wohnte uns gegenüber in einem Dreifamilienhaus, während wir mit drei anderen Familien in einem umgebauten Bauernhaus lebten. Uns gehörte damals die Welt, denn eine größere Freiheit kann man sich als Kind kaum denken. Rings um unsere Häuser waren Weiden und Felder, auf denen wir unsere große Abenteuerlust ausleben konnten. Wir zogen durch die Gegend, spielten Trapper, Entdecker, Cowboy und Indianer und Räuber und Gendarm.

Der Hof unseres Vermieters war riesig. Hinter dem Haus hatte jeder der bei uns wohnenden Familien Land zum Anbau von Gemüse und Kartoffeln. Mein Vater hatte einen kleinen Schuppen gebaut, in dem er Kaninchen hielt, die zu meinem Leidwesen auch geschlachtet wurden. Aber dieser Schuppen mit den Kaninchen diente Joko und mir als Clubhaus. Hier hockten wir stundenlang, schmökerten in Comics, Mickey Maus, Fix und Foxi, Sigurd, Tarzan, Prinz Eisenherz und was es sonst noch gab.

Hier kochten Joko und ich uns eine eigene Gemüsesuppe, von der uns so schlecht wurde, dass wir den nächsten Tag nicht in die Schule gehen konnten. Und wir rauchten hier unsere erste Zigarette, die uns beiden nicht schmeckte. Eine Mutprobe war es, von dem Schuppen mit einem aufgespannten Regenschirm nach unten zu springen. Natürlich hielt der Schirm nicht und klappte hoch, sodass wir ungebremst hart auf dem Boden aufschlugen, ich mich aber nicht verletzte, während Joko sich den Arm dabei brach. Das war vielleicht ein Spektakel. Während er für ein paar Tage ins Krankenhaus musste, dort bedauert wurde und stolz mit einem Gips am Arm zurückkehrte, bekam ich was hinter die Ohren und eine Woche Stubenarrest. Sein Arm heilte Gott sei Dank wieder und wir kehrten zu unseren alten Freizeitaktivitäten zurück. Eines unserer Spiele war das Murmeln. Wir bohrten mit der Hacke ein Loch, den Pott, in den Boden, stellten uns in einiger Entfernung davor auf und warfen abwechselnd unsere Kacker, das waren die billigen, glasierten Tonmarmeln, in Richtung Pott. Wer die meisten in den Pott traf, durfte mit dem „Schieben" der im Sand davor liegen gebliebenen Marmeln anfangen. Derjenige, der als Erster alle Kacker in den Pott bekam, hatte gewonnen und durfte die Marmeln behalten. Später kamen dann die „Glaser" dazu, das waren Glasmarmeln, die im Kern eine bunte Form enthielten, damit waren die Kacker dann nur noch die Marmeln der ganz Armen oder Kleinkinder.

Um die Glaser gab es dann auch schon mal Tränen, wenn die schönsten verloren gingen, wobei es hin und wieder nicht mit ganz rechten Dingen zuging, denn diese bunten, herrlichen Murmeln waren zu verlockend, um sie zu besitzen. Da kam es dann auch schon mal zum Streit zwischen uns und Jokos Mutter beschimpfte mich, nachdem er gepetzt hatte, dass ich ihrem Jungen die bunten Glaser abgegaunert hätte. Letztlich aber regelte es sich alles immer wieder und wir spielten friedlich zusammen.

Jokos Vater war Malermeister und besaß als Erster in unserer Umgebung ein Auto, einen VW-Käfer mit Brezelfenster. Wenn er morgens zur Arbeit fuhr, ließ er den Motor beim Rückwärtsfahren ungewöhnlich hoch aufheulen. Mein Vater sagte dann immer, wohl auch mit einem bisschen Neid, da wir uns kein Auto leisten konnten, dass der „Düsenjägerpilot" wieder kein Gefühl im Fuß hätte. Ich kann mich nicht daran erinnern, dass Jokos Vater uns jemals hat mitfahren lassen.

Ein weiterer Unterschied unserer Familien lag in der Glaubensausrichtung. Während ich in die städtische Südschule ging, besuchte Joko die katholische Overbergschule. Seine Mutter kam irgendwo aus dem Süden Europas und war streng katholisch. Ich dagegen wurde evangelisch erzogen, da meine Mutter sich bei der Erziehung ihrer Jungen durchsetzte. Sie stammte aus einer ehemaligen Hugenottenfamilie. Meinem Vater war das egal. Er kam zwar aus einer erzkatholischen Sippe, war aber schon als Seefahrer vor dem Krieg aus der Kirche ausgetreten. Er wollte, wie er immer wieder beteuerte, mit dem ganzen Zauber nichts am Hut haben und titulierte daher so manchen Würdenträger als Himmelskomiker. Ja, er wurde sogar einmal sehr wütend, weil seine Mutter, sie war zu meiner Kindheit schon steinalt, angeblich im Sterben liegen sollte und die katholische Sippe den Pfarrer für die letzte Ölung herbeigerufen hatte. Als mein Vater am vermeintlichen Sterbebett meiner Oma stand und seine Brüder und deren Frauen fragte, ob sie denn schon einen Arzt gerufen hätten, wurde das verneint. Daraufhin radelte mein Vater zum Arzt – Telefon gab es bei uns noch nicht –, kam mit diesem zurück und ließ seine Mutter untersuchen. Wie er uns später erzählte, hatte sie nur einen verklemmten Furz und erfreute sich nach erfolgreicher Behandlung darüber, dass endlich mal all ihre Kinder um sie versammelt waren. Das aber nur nebenbei. Kommen wir also zurück zu Joko.

Eines Tages, als wir wieder einmal in unserem Clubhaus saßen, sagte Joko: „Wenn ich etwas angestellt habe, dann gehe ich in die Kirche, beichte das und mir wird vergeben."

„Einfach so?", fragte ich ungläubig.

„Na ja, ich muss schon ein paar „Ave Marias" beten, aber dann bin ich sündenfrei."

Das war mir suspekt. Wie konnte man seine Sünden vergessen, die steckten doch in einem. Und wenn man an nichts denken wollte, dann kamen die Gedanken garantiert auf das, was man verbotenerweise gemacht hatte, wie zum Beispiel beim Murmeln zu bescheißen, zurück. Auf der anderen Seite war das eine praktische Sache, vielleicht war es ja tatsächlich so, dass die Missetat dann für immer aus einem gelöscht war. Also fragte ich Joko: „Kann ich da mal mitkommen und auch – beichten?"

„Nee", zerstörte Joko meine Hoffnung, „das können nur wir Katholiken, ihr Evangelen dürft das nicht."

Das betrübte mich und ich fragte am Abend meine Mutter, warum ich nicht beichten dürfe und mir vergeben würde. Meine Mutter lachte und sagte: „Am besten du überlegst dir immer genau, was du machst und begehst keine Dummheiten, bleibst immer bei der Wahrheit und tust keinem etwas an, was du nicht möchtest, das man dir antut. Dann brauchst du auch nicht zu beichten."

Darüber dachte ich lange vor dem Einschlafen nach und wollte es mir fest zu Herzen nehmen, nie zu lügen, nie zu betrügen, nie ... Ja, aber das war verdammt schwer. Da hatte der Joko es doch leichter.

Ich wollte das Problem mit meinem älteren Bruder, der mit mir in einem Kämmerlein schlief, besprechen und fragte ihn: „Du, Heiner, hast du schon mal etwas ganz Schlimmes gemacht, was dich nicht loslässt und an das du immer wieder denken musst?" Mein Bruder grummelte etwas Unverständliches und zog seine Bettdecke höher über seinen Kopf. Er wollte nur schlafen und antwortete nicht. So blieb ich alleine mit meinen Gedanken und nahm mir vor, Joko am nächsten Tag doch noch einmal ganz genau nach den Sünden und dem Beichten zu fragen.

Doch am nächsten Tag und den anderen Tagen hatten wir Wichtigeres zu spielen, als uns über religiöse Rieten zu unterhalten.

Verlorene Murmeln

Joko hatte mich beim Murmeln beschissen. Und darüber war ich sehr verärgert. Er hatte mir, und da war ich mir sehr sicher, mit unlauteren Mitteln meine schönsten Glasmurmeln abgenommen. Irgendwie hatte er mich abgelenkt und als ich wieder zum Topf – das war eine kleine Kuhle im sandigen Boden – blickte, lag seine Murmel dichter zum Rand als meine. Also hatte er das Vorrecht des ersten Zuges. Dabei war ich mir sicher, dass meine bunte Glasmurmel vorher vor seiner lag. Mir stiegen die Tränen vor Zorn in die Augen und ich musste mit ansehen, wie er eine Murmel nach der anderen in den Topf schnippste und somit den Topf gewann. Ich schwor Rache und verließ wutschnaubend den Spielplatz, ohne meinen Freund noch eines Blickes zu würdigen.

Wir spielten und sprachen ein paar Tage nicht mehr miteinander. Meine Mutter fragte mich schon, was denn zwischen uns los sei, wir wären doch sonst „ein Pott und ein Arsch". Ich verzichtete darauf, ihr zu erzählen, was vorgefallen war, denn irgendwie fühlte ich es auch als meine Schande, von meinem Spielkameraden betrogen worden zu sein.

Da wir aber Tür an Tür in unserem Wohnblock wohnten, blieb es nicht aus, dass wir uns ständig begegneten und eines Tages brach dann doch wieder das Eis und wir tobten und tollten wieder zusammen herum. Ich hatte meine Rachegefühle verloren und die Schmach, meine schönsten Murmeln verloren zu haben, vergessen. Bis – ja, bis Joko vorschlug, mal wieder zu murmeln. Da platzte es aus mir heraus und ich beschuldigte ihn, mich beim letzten Mal arglistig betrogen zu haben und ich schubste ihn vor mir her, bis er ins Gras fiel und ich mich auf ihn stürzte. Wir balgten und rangen, ohne dass einer die Oberhand gewann, bis wir erschöpft und keuchend nebeneinander lagen. Unser Kampf war nicht unbemerkt geblieben. Jokos Mutter stand plötzlich vor uns und fragte, was mit uns los sei, dass wir uns prügelten. Keiner von uns wollte etwas sagen, aber Jokos Mutter ermahnte ihren

Sohn im scharfen Ton, den Mund aufzumachen.

„Er behauptet, ich hätte ihn beim Murmeln beschissen", sagte er schließlich.

„Und, hast du?", fragte seine Mutter.

Joko druckste herum, wollte um eine Antwort herumkommen. Doch seine Mutter wiederholte ihre Frage und Joko gestand ein, dass es nicht ganz mit rechten Mitteln zugegangen sei.

„Und was folgerst du daraus?", fragte sie.

Joko stand beschämt auf, kramte in seiner Hosentasche und holte eine Handvoll Glasmurmeln heraus, die er mir verstohlen reichte. „Ich hätte sie dir sowieso wiedergegeben. Hättest eben beim nächsten Murmeln alle zurückgewonnen", sagte er.

Um eine Ohrfeige seiner Mutter kam er trotzdem nicht herum. Die Welt aber war wieder in Ordnung und er hat nie wieder versucht, beim Murmeln zu schummeln.

Fußballfieber

Seit ich laufen konnte, war ich dem Fußball hinterhergerannt. Dunkel kann ich mich daran erinnern, mit meinen Eltern 1954 vor dem Radio gesessen und Gerd Zimmermann zugehört zu haben. Die legendären Worte: „Rahn müsste schießen. Rahn schießt. Tor! Tor! Tor!" und „Das Spiel ist aus! Das Spiel ist aus! Deutschland ist Weltmeister!" klingen mir heute noch in den Ohren. Nach so einem Ereignis musste man natürlich sofort den großen Idolen nacheifern, auf dem Hof dem Ball nachjagen und bei Erfolgen laut „Tor! Tor! Tor!" schreien. Wenn wir auf unserem Hof bolzten, fiel der Ball häufig in das abgezäunte Gänsegatter. Meistens traf es mich, der den Ball wieder herausholen musste. War ich nicht schnell genug, erwischte mich der Ganter und zwickte mir schmerzlich ins Hinterteil.

Mit sechs Jahren bekam ich zu Weihnachten mein erstes grünweißes Trikot des SSV Delmenhorst, dem ich im Frühjahr darauf beitrat. Erst versuchte ich mich als Stürmer, bis mich ein mir nicht mehr im Gedächtnis sitzender Vorfall ins Tor verbannte. Von Torwarten sagt man ja immer, sie seien ein bisschen verrückt. Das traf auch auf mich zu. Ich war besessen vom Fußball. Eigentlich gab es nichts anderes für mich. Wo immer ich einen Ball rollen sah, mischte ich mich ein und kickte mit. Dabei spielte Wetter und Tageszeit keine Rolle.

Häufig vergaß ich dabei, meinen Pflichten zu Hause als auch in der Schule nachzukommen. Was mir wiederum Ärger einbrachte, aber meine Erfolge beim Fußball stimmten dann meinen Vater wieder etwas gnädiger, wenn er mir auch unmissverständlich klar machte, dass es neben Fußball auch noch etwas anderes im Leben gab.

Meine erste Meisterschaft errang ich mit der 1. Knabenmannschaft des SSV Delmenhorst. Wir hatten alle 17 Spiele gewonnen und bei 106 geschossenen Toren nur 6 Gegentore kassiert. Was auch mit mein Verdienst war, da ich ein unerschrockener, ja fast todesmutiger Torwart war, der sich mutig den Gegnern vor die Füße warf und auch die größten Chancen der Gegner zunichte machte. Von nun an waren wir Dauerabonnent als Kreismeister. Hätte es damals schon ein professionelles Training der Jugendlichen wie heute gegeben, wer weiß, was aus mir geworden wäre. Jedenfalls brachte ich es über die Kreisauswahl zur Bezirksauswahl und schließlich in die Niedersachsenauswahl.

Im Trainingslager in Barsinghausen traf ich auf Helmut Schön, der damals die DFB-Jugend betreute, und auf den ägyptischen Staatstrainer Mohamat el Ghindi. Helmut Schön stellte mir eine Berufung in die DFB-Auswahl in Aussicht. Aber dazu kam es nicht mehr. Als wir mit der Niedersachsenauswahl um die norddeutsche Ländermeisterschaft spielten, versagten mir die Nerven und ich hatte einen rabenschwarzen Tag, ließ fast jeden Ball durch und wurde zur Halbzeit ausgewechselt. Rainer Zobel, der mit mir in der Niedersachsenauswahl spielte, hatte es da weiter gebracht.

Das Erlebnis dämpfte meine Fußballbegeisterung etwas. Dazu kam sicherlich auch, dass ich spätestens jetzt entdeckte, dass es neben Fußball tatsächlich noch etwas anderes gab. Wenngleich 1963 die Bundesliga ins Leben gerufen wurde und mein Vater mich mit zum ersten Spiel von Werder Bremen ins Weser Stadion nahm. Wir verpassten das erste Tor von Timo Konietzka für Dortmund, konnten uns aber trotzdem noch über einen 3:2 Sieg für Werder freuen.

Ich spielte und siegte weiter in meiner Mannschaft. 1967 sollte dann die große Wende kommen. Ein Sponsor hatte uns zu einem günstigen Trip nach Stockholm verholfen. Wir wohnten mit der Mannschaft im Hotel Jerum und durften im altehrwürdigen Olympiastadion Fußball spielen. Aber das wurde alles zur Nebensache. Das nordische Flair hatte mich infiziert. Ich war begeistert von Stockholm, den hellen, lauen Nächten, in denen wir durch die Straßen zogen, in der Discothek eines Deutschen Stammkunden wurden. Procol Harum mit „A whiter shade of pale" erinnert mich heute noch an die

Zeit des Erwachens.

Zurück in Deutschland durfte ich als Jugendlicher ein Spiel mit der ersten Herrenmannschaft bestreiten. Ich hielt meinen Kasten sauber, wir gewannen 2:0. Bei einer waghalsigen Rettungsaktion zog ich mir eine schmerzhafte Schienbeinprellung zu, um die sich keiner kümmerte. Im Gegenteil, nach dem Spiel musste ich mir noch von einem Klugscheißer im Vereinsheim anhören, dass der beste Torwart, den der Verein je hatte, unser Libero sei, der wohl mal aushilfsweise im Tor stand.

Der Schwedenbesuch zeigte seine Wirkung, auch änderten sich meine Lebensumstände. Ich trat eine Lehre an und das weibliche Geschlecht wurde für mich interessanter. So entschied ich mich, im darauffolgenden Jahr meine Brieffreundin in Finnland zu besuchen. Nach nur einer Woche zarten Kennenlernens machte ich ihr einen Heiratsantrag – den sie annahm. Damit endete meine große Karriere als Fußballer. Ich spielte, wieder in Deutschland, nur hin und wieder noch zum Spaß. Das letzte Mal, dass ich meine Fußballschuhe überstreifte, war dann, als ich in Helsinki wohnte. Ich trainierte beim HJK mit, der zu der Zeit der beste finnische Fußballklub war. Man nannte mich dort Tilkowski wegen des deutschen Nationalmannschaftstorwartes. Nachdem ich ein Spiel einer unteren Mannschaft absolviert hatte, musste ich Helsinki verlassen, weil meine Frau und ich Arbeitsplätze in Deutschland bekommen hatten. Einem Verein bin ich seitdem nicht mehr beigetreten.

Die Fußballverrücktheit blieb jedoch. Als ich mich Ende der siebziger Jahre mit meiner Firma – ich importierte finnische Saunaanlagen und Blockhäuser aus Finnland – in Köln an einer Messe beteiligte, spielte Deutschland gerade in diesen Tagen in Köln gegen Wales ein Qualifikationsspiel. Es hieß, es sei ausverkauft. Ich war aber festentschlossen, mir irgendwie eine Karte zu besorgen. Nachmittags kam der finnische Handelsattaché an meinen Stand und fragte mich, ob ich abends mit ihm essen gehen würde. Ich beichtete ihm, dass ich eigentlich ins Müngersdorfer Stadion wolle, um Deutschland gegen Wales zu sehen. Er machte mir keine großen Hoffnungen, noch eine Karte zu bekommen. Als er aber merkte, wie entschlossen ich war, es trotzdem zu versuchen, schlug er vor, mit mir zum Stadion zu fahren und wenn ich keine Karte bekäme, würden wir zusammen essen gehen, bekäme ich eine Karte, führe er mit der Straßenbahn zurück in die Stadt. Was soll ich sagen: natürlich bekam ich noch eine Karte auf dem Schwarzmarkt und der arme Tropf musste mit der Straßenbahn zurückfahren. Deutschland gewann übrigens 5:1.

Als ich das nächste Mal zur Messe wieder im „kleinen Stapelhäuschen" in der Kölner Altstadt übernachtete, hatte es sich schon rumgesprochen, dass ich ein Fußballverrückter war. Also fragte mich der Sohn des Hotelbesitzers, ob ich Lust hätte, abends mit ihm Köln gegen Hertha Berlin anzuschauen. Na klar, das war doch die Gelegenheit, mal wieder ins Müngersdorfer Stadion zu kommen. Auf der Hinfahrt machte der Wagen meines Chauffeurs schon merkwürdige Geräusche. Aber mir wurde versichert, dass der Wagen gerade heute in der Werkstadt gewesen sei. Nun ja, wir sahen uns das Spiel an – Köln gewann, wie hoch weiß ich nicht mehr – und fuhren anschließend zurück. Mitten in der Kölner Innenstadt wurden wir mit einem Mal von einem Autorad überholt. Entsetzt stellte mein Fahrer fest, dass es eines seiner Räder war, das man wohl in der Werkstatt nicht ordnungsgemäß befestigt hatte. Er sprang aus dem Wagen und rannte durch den Verkehr dem Rad hinterher. Später konnten wir über den Vorfall lachen, wenngleich uns in der Situation nicht zum Lachen war.

So gibt es viele Anekdoten, die sich mit meiner Fußballleidenschaft erzählen lassen. Heute bin ich Dauerkarteninhaber und Dauergast im Weser Stadion bei Werder Bremen, feiere Fußballfeste mit meinen Nachbarn und bin froh, zwei Enkeltöchter zu haben, die Gott sei Dank nicht jedes Wochenende auf dem Fußballplatz verbringen müssen, denn so begeistert ich auch Fußballspiele anschaue, es gibt doch auch noch etwas außer Fußball.

Onkel Helmut

Auch wenn ich den Ereignissen Rechnung tragend an keiner Familiensitzung mehr teilnehmen wollte, war ich der Einladung meines Onkel Pauls doch gefolgt. Ich wollte wissen, wie sie mit ihrem schlechten Gewissen, so sie denn eines hätten, umgehen würden. Onkel Paul fühlte sich als Oberhaupt der Familie. Als solcher glaubte er, Anweisungen und Befehle erteilen zu dürfen, die jedes Familienmitglied zu befolgen hatte. Scherzhaft nannten wir ihn deswegen auch den „Patron". Vater titulierte ihn abfällig als den Wichtigtuer. Aber auch er war dem Ruf seines älteren Bruders nachgekommen, sich zum Familienrat zusammenzutreffen. Es sollte darüber beraten werden, wie man den Leichnam des jüngsten Bruders unter die Erde brachte.

Sie waren einst sieben Jungen und ein Mädchen. Drei der Männer und Tante Hilde lebten noch. Onkel Fritz und Hans, die ich nie kennenlernte, waren im Krieg gefallen, der eine im Polenfeldzug gleich zu Anfang des Krieges, der andere war in einem U-Boot qualvoll ertrunken. Walter, der Drittgeborene, hatte sich kurz nach dem Krieg bei Altmetallsammlungen an einer Bombe vergangen und in die Luft gesprengt. Onkel Wilhelm erlag vor sechs Jahren einem Herzinfarkt. Mein Lieblingsonkel war Onkel Helmut. Wenn ich mich überhaupt zu irgend jemanden in dieser Verwandtschaft hingezogen fühlte, dann zu ihm. Er war mein Patenonkel und er erfüllte seine Aufgabe mit Leidenschaft. Mein Vater fühlte sich immer bemüßigt, mir gegenüber Strenge zu zeigen. Das brauchte Onkel Helmut nicht. Er zwinkerte mir zu und ließ vieles durchgehen, was Vater versuchte zu unterbinden. Er begleitete mich zum Fußball, war in jungen Jahren mein Berater und Freund. Vater hatte keine Zeit für mich, war immer damit beschäftigt, Geld zu verdienen, tagsüber in der Firma, abends und am Wochenende mit Schwarzarbeit. Auch wenn wir uns viele Jahre aus mir heute unverständlichen Gründen aus den Augen verloren, empfand ich den Tod Onkel

Helmuts als tragisch, denn wenn die Familie wirklich eine Einheit gewesen wäre, hätten wir alle seinen Tod verhindern können. Die letzten Tage und Stunden seines Lebens habe ich an seinem Sterbebett verbracht, ihm aus der Zeitung und aus Büchern vorgelesen. Und „Tonio Kröger" musste ich ihm vorlesen, diesem Widerstreit zwischen Mensch und Natur, dem auch er glaubte unterlegen zu sein, denn er war anders als die anderen Brüder, sanfter und weicher, verständnisvoller und offener. Darum sah Vater unsere Beziehung mit Fortschreiten meines Alters auch immer argwöhnischer. „Er verweichlicht mir den Jungen", sagte er besorgt und hielt Mutter an, dafür zu sorgen, dass die Verbindung zu meinem Onkel nicht zu intensiv wurde. Er selbst traute sich nicht, seinen Bruder zu mehr Abstand zu seinem Patenkind aufzufordern. Und Mutter schlug sich heimlich auf unsere Seite, denn sie mochte Onkel Helmut sehr gern. Sie schätzte seine Komplimente, die sie von Vater nicht bekam, und die kleinen Gesten der Aufmerksamkeit, die sie sonst in unserem Haus so vermisste. Mal lobte Onkel Helmut ihr vorzügliches Essen, mal brachte er ihr Blumen mit oder half ihr sogar bei Kleinigkeiten im Haushalt. Das mochte Vater nun gar nicht, sah er seine Position in der Familie doch dadurch gefährdet und er entwickelte kleine Eifersüchteleien. Das führte dann dazu, dass er eines Tages zu meiner Mutter sagte, als er glaubte, ich würde es nicht hören: „Der ist doch schwul und verdreht mir den Jungen noch." Mutter hatte entsetzt aufgeschrien, die Hand vor den Mund gehalten, sich verschämt umgesehen, da sie befürchtete, ich könnte es gehört haben, und „Josef, wie kannst du so etwas behaupten!" ausgerufen. Seit dem spukte dieses Wort in meinem Kopf herum: Schwul. Was hatte es zu bedeuten, dass Mutter sich so erregte? Warum sprach Vater es so verächtlich aus? Ich verschloss es zu erst in meinem Inneren, aber es pochte immer wieder darin und wollte erkannt werden. Ein paarmal war ich versucht, meinen größeren Bruder Achim zu fragen, ja, fast wäre es mir einmal sogar gegenüber Onkel Helmut herausgerutscht: *Du, Onkel*

Helmut, Vater hat gesagt, du bist schwul. Was ist das eigentlich: schwul? Aber ich hatte das Gefühl, es musste irgend etwas Unanständiges sein, denn sonst wäre Mutter nicht so entsetzt gewesen. Seit diesem Tag sah ich Onkel Helmut mit anderen Augen. Ich beobachtete ihn, was an ihm anders war als zum Beispiel an meinem Vater. Vater war ein Bullerballer, der, geprägt von der Seefahrt, mit seiner tiefen, rauhen Stimme drauflospolterte, Schimpfworte benutzte, uns Jungen auch schon mal eine langte, wenn ihm danach war oder wir es verdient hatten; der nur sanft und zärtlich werden konnte, wenn der Alkohol seine Gefühle weichgespült hatte. Anders Onkel Helmut, der war immer gut gelaunt, sprach mit einer singenden, weichen Stimme, hatte gute Manieren und neigte zu keinen Gewalttätigkeiten. Sie waren schon unterschiedlich, wie nur Brüder sein konnten. Irgendwie war es ihm dann doch aufgefallen, dass sich mein Verhältnis zu ihm zu verändern drohte. „Was ist los mit dir?", fragte er mich, als er mich dabei erwischte, wie ich ihn längere Zeit anstarrte. Ich bekam einen roten Kopf und versicherte schnell, dass nichts sei. Ich wusste, er glaubte mir nicht. An diesem Tag hielt ich es nicht länger aus. Abends, als Achim und ich im Bett lagen, fragte ich ihn. „Du, Achim?" Ich schämte mich. Vielleicht war es ja etwas Schlimmes, das man nicht aussprechen durfte. Warum hatte Mutter so ängstlich um sich geschaut, als Vater es ausgesprochen hatte? Achim schnaubte und fragte müde, was denn sei. Ich druckste herum und traute mich nicht, bis es schließlich herausplatzte und ich mich endlich von einem Druck befreit fühlte. „Was ist eigentlich schwul?"

„Hä?", fragte Achim verständnislos. Ich flüsterte es noch einmal. Achim lachte los. „Wozu willst du das denn wissen?" Konnte ich ihm sagen, warum ich es wissen musste? Vielleicht würde ich meinen besten Freund verraten, irgend welchem Gespött preisgeben. Ich log und sagte, dass ein Schulkamerad von einem anderen behauptet hätte, der sei schwul.

„Ach was", sagte Achim verächtlich, „der ist doch nicht

schwul."

„Ja, was ist das denn jetzt?", drängte ich auf eine Beantwortung. Achim wälzte sich in seinem Bett auf die andere Seite und wandte sich mir zu. „Das ist einer, der es mit Männern macht", sagte er kichernd.

„Wie? Was mit Männern macht?", fragte ich unwissend.

Achim lachte und ich wusste nicht, ob er sich über meine Unwissenheit oder über den Umstand, dass Männer irgend etwas miteinander machten, freute. „Da steckt ein Mann dem anderen seinen Pimmel in den Hintern", prustete er los und fand das so lustig, dass er bebend seinen Kopf unter die Bettdecke zog und vor Vergnügen kicherte.

Ich fand das gar nicht lustig. Mich ekelte das an und deshalb fragte ich auch nicht weiter, obwohl so viele Fragen noch offengeblieben waren. Ich drehte mich auf die andere Seite, wollte Achims Gepruste nicht mehr hören, fand es genauso abstoßend wie das, was die Männer angeblich mit sich tun sollten. Ich konnte die Nacht nicht schlafen. Nein, das wollte ich mir von Onkel Helmut nicht vorstellen. Und doch begann sich ab diesem Abend eine Wand zwischen uns aufzubauen, war unsere gute Beziehung mit Misstrauen meinerseits behaftet. „Was hast du?", fragte er mich immer wieder, wenn mir seine Nähe unangenehm, seine Berührungen aufdringlich erschienen und ich mich ihnen entzog.

„Der Junge kommt in die Pubertät", winkte Mutter ab und lachte, „er will sich ja selbst von mir nicht mal mehr umarmen lassen."

Unsere Freundschaft erlitt einen tiefen Bruch. Manchmal, wenn mir dieses bewusst wurde, weinte ich stumm in mein Kissen und war verzweifelt, mich ihm nicht mehr nähern, ihn nur noch aus Abstand betrachten und lieben zu können, denn seltsamer Weise verspürte ich nach wie vor eine innige Verbindung zu ihm. Die Verbindung aber zur Familien nahm, wie mir es schien, ein jähes Ende. Irgendwann stand er vor mir, umarmte mich mit Tränen in den Augen und sagte, er würde in eine andere Stadt ziehen und mich nicht mehr sehen können. Meine Gefühle waren gespalten, auf der einen Seite empfand ich schon Trauer, ihn, so deutete ich es, für ein paar Wochen oder Monate nicht zu sehen, auf der anderen Seite fühlte ich aber auch eine Art von Gleichgültigkeit.

Zu meiner Konfirmation war er nicht erschienen. Man vermied in der Familie, offen über ihn zu reden. Es hieß nur, er sei irgendwo in Süddeutschland und arbeite dort. Aber hinter vorgehaltenen Händen tuschelte und kicherte man über ihn, achtete aber peinlichst darauf, dass die Kinder und Jugendlichen nichts hörten. Einen Tag später erhielt ich einen Briefumschlag mit einer Karte und einem Hundertmarkschein. Heimlich bewahrte ich die Karte und den Umschlag mit seiner Adresse auf. Ich nahm mir vor, ihm zu schreiben. Aber es dauerte zwei Wochen, bis ich den Mut fand, mich hinzusetzen und meine Gedanken auf ein Stück Papier zu bringen. Dabei ertappte ich mich, wie ich ihn doch gerne wiedergesehen hätte, aber mich gleichzeitig davor fürchtete, mit ihm gesehen zu werden. Es wurden nur ein paar Zeilen, die ich schrieb, aber nie abschickte, denn ich vernichtete den Brief. Statt dessen kaufte ich eine Ansichtskarte von unserem Marktplatz und schrieb ein großes „Danke" und meinen Namen darauf. Diese Karte schickte ich dann ab. Ich erhielt nie eine Antwort, jedenfalls erreichte sie mich nicht.

So vergingen die Jahre. Es wurde in unserer Familie geheiratet, Kinder wurden geboren, entferntere Verwandte starben und man traf sich in regelmäßigem Abstand, um diese Begebenheiten zu feiern oder zu betrauern oder auch nur so, um die Familienbande fester zu knüpfen. Von Onkel Helmut sprach keiner mehr. Es war mittlerweile ein offenes Geheimnis, dass er nie eine Frau heiraten würde und er sich mehr zum selben Geschlecht gezogen fühlte. Damit war er in unserer rauhen Männerwelt ein Ausgestoßener, einer der nicht mehr zur Familie gehörte. Einmal, es muss auf irgendeiner Feier gewesen sein, ich hatte schon meine eigenen Lebenserfahrungen gemacht und wähnte mich kritischer aber auch offener als diese allwissenden Mitglieder meiner Verwandtschaft, wagte ich zu fragen: „Warum ladet ihr Onkel Helmut eigentlich nicht mehr ein?" Ein Sturm der Entrüstung brach über mich herein und ich geriet in den Verdacht, gleiche Sache mit ihm zu machen. Schon wurde gefragt, warum ich denn eigentlich noch keine Freundin hätte, und die Blicke waren kritisch auf mich gerichtet. Ohne, dass sie es gewollt hatten, brachten sie mich damit meinem Lieblingsonkel wieder näher. Sollte ich je heiraten, das gelobte ich mir, würde ich Onkel Helmut einladen.

Wieder vergingen Jahre, in denen ich Onkel Helmut nur hin und wieder in meiner Erinnerung begegnete. Ich lernte Elvira kennen und lieben und wir beschlossen, zu heiraten. Als wir die Liste unserer Gäste aufstellten, wir hatten schon alle Verwandten und Freunde aufgelistet und überlegten, wen wir vergessen hätten, fiel mir mein damaliger Entschluss plötzlich wieder ein.

„Onkel Helmut", sagte ich.

„Wie? Wer? Wer ist Onkel Helmut?", fragte Elvira.

„Mein Patenonkel", antwortete ich und hoffte, damit alles abgetan zu haben.

„Den kenn' ich ja noch gar nicht. War doch noch nie dabei, oder?" Elvira hatte schon einige Feiern unserer Familie miterlebt und kannte jedes Mitglied meiner und damit ihrer zukünftigen Verwandtschaft.

„Richtig", antwortete ich, „der war schon lange nicht mehr dabei."

„Und warum nicht?"

„Er ist so etwas wie das schwarze Schaf der Familie", versuchte ich seine Situation galant zu umschreiben.

„Was hat er denn verbrochen? Die Familiengruft geschändet? Die goldenen Löffel geklaut."

„Er ist schwul."

Elvira schwieg. Sah mich mit offenem Mund an, wobei sie nicht sehr vorteilhaft aussah. „Äh", rang sie nach Fassung, „schwul! Schwul?"

„Schwul!" bestätigte ich.

Sie zögerte, um dann vorsichtig nachzufragen: „Und den willst du ... auf unserer Hochzeit? Äh ...“

„Hast du etwas gegen Schwule?“, fragte ich.

„Nicht direkt, aber ...“

„Aber was? Er ist mein Onkel, mein Patenonkel!“, betonte ich.

„Ja, ja, aber ... Meinst du wirklich, wir können es meinen und deinen Verwandten antun? So einen ...“ Sie machte ein etwas angewidertes Gesicht, so als hätte sie gerade etwas furchtbar Bitteres gegessen. Es hätte noch gefehlt, dass sie ausgespuckt hätte.

„Ist es dir so wichtig, was unsere Verwandten von ihm denken?“, fragte ich. „Ist es dir nicht wichtig genug, dass er mein Patenonkel ist. Mein Lieblingsonkel“, fügte ich an.

Elvira schwieg und ich sah ihr an, dass sie zu überlegen begann. Nach einer Pause, in der wir beide nur verlegen auf die untereinander aufgeschriebenen Namen blickten und ich den Kugelschreiber mit meinen Fingern jonglierte, während Elvira auf ihren Lippen kaute, fragte sie: „Wie ist er denn? Ist er sehr schwul? Ich meine ...“

„Sieht man es ihm an?“, ergänzte ich ihre Frage.

„Ja“, sagte sie erleichtert.

„Ich weiß es nicht. Ich habe ihn lange nicht gesehen. Ich weiß nicht, wie er heute ist. Als ich ihn das letzte Mal sah, das ist allerdings schon etliche Jahre her, da machte er auf mich einen ganz normalen Eindruck. Was nichts heißen will, denn ich war noch sehr jung.“

„Und warum willst du ihn gerade jetzt, zu unserer Hochzeit einladen?“, fragte Elvira.

Ja, musste es wirklich sein, überlegte ich. Warum musste ich ihn gerade zu unserer Hochzeit einladen? Ich hatte ihn so lange nicht gesehen, was würde es da ausmachen, wenn auch ich ihn vergäße. Nein, sagte mir eine innere Stimme, er ist dein Patenonkel, dein Lieblingsonkel, der dir in deiner Jugend fast mehr als ein Vaterersatz war, der dich verstanden hat, der dir die Tränen getrocknet hat, wenn Vater nur schroff sagte, *hör auf zu heulen, nur Memmen heulen.* Und er gehört zur

Familie, auch wenn die anderen ihn verspottet und verstoßen haben. Er ist ein Teil meiner Herkunft, ein Teil meines Lebens. Würde er mich verstoßen, nur weil ich eine Frau heirate und damit seiner Lebensanschauung widerspräche? Sicherlich nicht.

„Mir liegt etwas daran", sagte ich schließlich und merkte, wie mir Tränen in die Augen traten.

Elvira sah mich an, streichelte mir über die Wange. „Okay", sagte sie, „wenn es dir so wichtig ist, dann laden wir ihn ein." Und sie nahm unsere Liste und fügte unten drunter: „Onkel Helmut".

Damit begannen neue Schwierigkeiten, denn in all den Jahren, die seit meiner Konfirmation vergangen waren, war ich mit meinen Eltern mehrfach umgezogen und irgendwie war dabei der Briefumschlag mit Onkel Helmuts Adresse verloren gegangen. Ich wusste nur noch, dass sein Brief damals aus München kam. Ich versuchte, zuerst seine Telefonnummer in München ausfindig zu machen, aber dort war kein Helmut Rugalski bekannt. So konnte ich raten, ob er überhaupt ein Telefon besaß oder noch in München wohnte. Ich wagte nicht, eines der Familienmitglieder nach seiner Anschrift oder Telefonnummer zu befragen, denn ich war mir sicher, von dort die wenigste Hilfe zu erfahren. Elvira half mir bei der Suche. Wir suchten ihn in Nürnberg, Augsburg, Regensburg und Stuttgart, aber wir fanden ihn nicht. Immer wieder hörten wir die Auskunft, nein, einen Helmut Rugalski gibt es hier nicht. Ich wollte schon aufgeben und hatte mich damit abgefunden, dass er bei meiner Hochzeit nicht dabei sein würde, als Elvira eines Tages lächelnd einen Zettel vor meinem Gesicht wedelte und jubilierte: „Ich hab sie! Ich hab sie!"

„Was hast du?", fragte ich verständnislos.

„Na, was haben wir die ganze Zeit gesucht, du Depp?", lachte sie und tanzte vor mir herum.

Da fiel es wie Schuppen von meinen Augen. Ich sprang auf, umarmte sie und wir tanzten und freuten uns gemeinsam.

„Wo hast du sie her?", fragte ich und sie antwortete scherzhaft, das nicht verraten zu wollen, bis sie mir dann doch erzählte, sie von meiner Mutter erhalten zu haben.

„Von meiner Mutter?", fragte ich ungläubig. „Wieso von meiner Mutter?"

„Wieso von meiner Mutter?", äffte sie mir nach und lachte, „Na weil deine Mutter die ganze Zeit Kontakt zu deinem Onkel gehalten hat."

„Nein!" Ich konnte es nicht glauben.

Elvira hatte als letzte Chance auf die Hilfe meiner Mutter gehofft und sie nach meinen Patenonkel befragt. Unter dem Versprechen tiefster Verschwiegenheit, außer mir es keinem der Familie zu verraten, hatte ihr meine Mutter gestanden, dass sie seit Jahren heimlich mit Onkel Helmut Briefe tauschte und telefonierte. Die Briefe waren an eine Freundin Mutters gerichtet, damit Vater nichts von dem Kontakt erfuhr. Auf diese Weise war er auch über meinen Lebenslauf bestens informiert und wusste, dass Elvira und ich heiraten würden.

„Er rechnet nicht damit, dass ihr ihn einladet", hatte Mutter Elvira gesagt, „Ich glaube auch nicht, dass er kommen wird. Er will mit der buckligen Verwandtschaft nichts mehr zu tun haben."

Das wollte ich nun selbst herausfinden. Aber es fiel mir schwer, zum Telefonhörer zu greifen und ihn anzurufen. Da bedurfte es schon der penetranten Hartnäckigkeit Elviras, die mich immer wieder ermahnte, mich doch nun endlich zu überwinden. Ich saß vor dem Telefon und hatte ein schlechtes Gewissen. Warum hatte auch ich ihn verstoßen? Warum erst jetzt der Anruf? Und warum tat ich mich so schwer damit? Ich bekam Schweißausbrüche, fühlte mich miserabel und verfluchte mich selbst. Als ich die Nummer gewählt hatte und das Freizeichen ertönte, hätte ich am liebsten wieder aufgelegt. Aber plötzlich war sie da, seine Stimme, die sanft und weich unseren Familiennamen hauchte. Ich räusperte mich und hatte doch eine viel zu helle Stimme, als ich ihm antwortete.

„Eddi, mein Junge", säuselte er, „Schön, dass du anrufst. Ich habe schon auf deinen Anruf gewartet. Trotzdem, toll, dass du an mich gedacht hast."

Seine Stimme war mir gewöhnungsbedürftig, da sie so sehr seine Veranlagung verriet und ich gegen die Peinlichkeit, die sie mir bereitete, ankämpfen musste. „So sag doch etwas", forderte er mich auf, als mein Schweigen ihm zur Last wurde.

„Hat Mutter dir schon alles erzählt?", fragte ich mit betont dunkler, männlicher Stimme.

„Aber natürlich, mein Junge. Deine Mutter, ach, eine Seele von Frau. Hat einen viel besseren Mann verdient."

„Und", unterbrach ich ihn, „Kommst du?"

„Was heißt: kommst du?", fragte er.

„Na, zu meiner Hochzeit. Hat Mutter dir nicht erzählt, dass ich heirate?

„Ach, ja, du heiratest ja, das hat sie mir erzählt."

„Ja, und was ist? Kommst du?", wurde ich schon etwas ungeduldig.

„Ach, Eddi. Willst du damit sagen, dass du mich einlädst, mein Junge?"

„Na klar, hat Mutter dir das nicht erzählt?"

„Nun schieb doch nicht immer deine Mutter vor. Sag du doch selbst, was du möchtest."

„Ich möchte, dass du zu meiner Hochzeit kommst, Onkel Helmut", überwand ich mich endlich, ihm die Einladung auszusprechen.

„Ach, Eddi", seufzte er auf, „du weißt gar nicht, wie glücklich du mich machst."

„Soll das heißen, du kommst?", fragte ich nach.

„Das kann ich dir noch nicht versprechen. Aber dass du mich einlädst ...", die Stimme versagte ihm und es dauerte eine Zeit, bis er sich wieder gefasst hatte. „Du warst immer wie ein richtiger Sohn für mich", sagte er mit zittriger Stimme, „Weißt du noch, wie ich dich nach dem Pokalsieg in Burghausen auf den Schultern vom Platz getragen habe? Du hattest das Siegtor geschossen. Mein Eddi, der Held des Tages. Ach, war das ein

Tag! Und als dein Vater dich wegen der zerbrochenen Scheibe verprügeln wollte, da bin ich dazwischen und hab ihm gedroht: Du rührst den Jungen nicht an! Und dann hab ich ihm das Geld für die Scheibe auf den Tisch gelegt und bin mit dir in den Zoo gegangen und hab dir eine große Tüte Popcorn gekauft. Weißt du das noch, mein Junge, weißt du das noch?" Und ob ich es wusste! Und mit jedem Wort, das er sprach, flößte er mir ein schlechtes Gewissen ein, brachte er mich den Tränen näher. Ja, er war es, der sich über mein Siegtor mehr freute als ich selbst, und nicht mein Vater, der mich hätte vom Platz tragen sollen, war anwesend, nein Onkel Helmut, mein Patenonkel, den sie später als schwulen Aussätzigen aus der Familie aussortierten, trug mich jubelnd auf seinen Schultern vom Platz.

„Du würdest mir eine große Freude machen, wenn du zu meiner Hochzeit kommen würdest, Onkel Helmut", sagte ich und kämpfte gegen die Tränen und das Schließen des Halses an. Er wurde ernst, als er sagte: „Du weißt, was du dir und deiner Braut damit antust? Es wird ein Skandal. Die Familie wird sich das Maul zerreißen. Hast du mit ihnen schon darüber gesprochen?"

„Nein, es geht sie einen Scheißdreck an, wen ich zu meiner Hochzeit einlade", antwortete ich verärgert.

„Na, na, mein Junge, tu das nicht so ab. Du kennst den Zusammenhalt der Familie."

Dass er das sagte, verwunderte mich. „Und was ist mit dir?", fragte ich trotzig, „Wo ist da der Zusammenhalt der Familie?"

„Ach, Eddi, das ist doch ganz was anderes. Ich bin vom anderen Ufer und da hört die Familienbande dann doch auf. Verstehst du, was ich meine?"

„Nein", sagte ich schroff, „ich will es auch nicht verstehen. Ich lade dich zu meiner Hochzeit ein und will von dir wissen, ob du die Einladung annimmst."

„Wenn das so einfach wäre, mein Junge. Du erwartest doch nicht, dass ich mich jetzt entscheide? Du sollst nur wissen, dass ich nichts lieber täte, als dabei zu sein, wenn mein Eddi heiratet. Wie heißt dein Mädchen eigentlich? Ist sie schön? Bestimmt! So ein strammer Bursche wie du hat bestimmt ein hübsches Mädchen abbekommen. Komm, erzähl." Er begeisterte sich richtig und überschlug sich vor Wissbegierde, dabei konnte ich mir denken, dass Mutter ihm längst alles geschrieben und Fotos geschickt hatte.

Ich erzählte ihm alles, was er wissen wollte, jede Einzelheit und mir schien es, auch jede Minute meines Daseins seitdem er aus meinem Leben verschwand. Es wurde ein teures Gespräch an diesem Abend, aber es gab wenige Augenblicke in meinem Leben, in denen ich so glücklich war, wie nach unserem Telefongespräch, und ich empfand die Jahre unserer Trennung als verlorene Zeit.

Er hatte mir keine Zusage für sein Kommen gegeben, auch in den darauf folgenden Telefongesprächen nicht. Immer wieder erinnerte er mich daran, dass ich die Tragweite meines Wunsches nicht überblicke, und ich wiederholte immer wieder, dass es mein ausdrücklicher Wille sei, ihn an meiner Seite zu sehen.

So kam der Tag, an dem ich meine Elvira vor den Traualtar führte. Sie war so schön, so anmutig, dass ich der stolzeste Mann der Welt war und mein Glück mich auf den höchsten Gipfel der Gefühle erhob. Aber von da oben blickte ich immer wieder hinunter, um noch mehr des Glücksgefühles an mich zu ziehen. Doch mein Patenonkel war nicht erschienen.

Ich stand vor dem Traualtar, hielt Elviras Hand und sollte ihr den Ring, das Symbol unserer Verbundenheit, über den Finger streifen, da hörte ich hinter mir die sich öffnende Kirchentür, einen Moment der Stille und dann ein Raunen und Flüstern. Ich brauchte mich nicht umzudrehen, denn nun wusste ich, er war gekommen. Der Pastor ermahnte die Hochzeitsgäste zur Ruhe, aber es dauerte lange, bis sich die aufgebrachte Familienmeute beruhigt hatte, und ich hörte die empörten Fragen „Was will der denn hier?" aus ihren Mündern zischen. Elvira und ich sahen uns zufrieden lächelnd an und vollzogen die Prozedur der Eheschließung. Dann war der Moment gekommen, an dem wir uns dem Ausgang zuwandten. Dort hinten, in der letzten Reihe, saß er. Sein Aussehen verriet ihn, die schwarz gefärbten Haare, die weichen Gesichtszüge, die Goldkettchen an seinen Handgelenken. Er trug einen dunkelgrauen Anzug, ein rotweinfarbenes Hemd und eine im selben Farbton gehaltene Krawatte. Als sich unsere Blicke trafen, funkelten seine Augen vor Glück und gaben mir die Bestätigung, das Richtige getan zu haben. Elvira und ich schritten den Kirchengang dem Ausgang entgegen. Ich wollte Elvira nicht das Fest verderben und hatte mir daher vorher die Zustimmung für mein weiteres Handeln geholt, denn ich wusste, ich würde damit einen Großteil der Anwesenden schockieren. Immer weiter näherten wir uns ihm, der weit ab der anderen Gäste nur in der letzten Reihe Platz nehmen durfte. Ich registrierte das wohlwollende Zunicken der Familie, sah aber auch so einen kleinen Funken von Argwohn in ihren Augen, wenn ihre unruhigen Blicke zum Ausgang schielten. Vor der letzten Bankreihe verharrten Elvira und ich, dass die Trauzeugen uns fast rammten, wir wandten uns Onkel Helmut zu, ich breitete meine Arme zur Begrüßung aus und umarmte ihn, als er sich mir näherte. „Schön, dass du doch gekommen bist", flüsterte ich und sah, wie dem Mann die Tränen die Wangen hinunterrannen. „Das ist Elvira", stellte ich meine Braut vor, und er küsste ihre Hand, die sie ihm entgegenstreckte. Hinter uns wurde es unruhig. Weiberstimmen zischelten, Männergemurmel erklang drohend. Bei Elviras Verwandten löste seine Anwesenheit Befremden aus, bei seiner eigenen Familie Entsetzen. Wir ignorierten es und luden meinen Onkel ein, mit uns zu fahren. Er aber lehnte ab und versprach, uns im eigenen Wagen zu folgen.

Doch auf unserem Fest erschien er nicht. Und an Mutters geröteten Augen erkannte ich, dass etwas vorgefallen sein musste, das mir im Trubel der Feierlichkeiten entgangen war. Sie brauchte lange, bis sie mir erzählte, dass mein Vater beim Herausgehen aus der Kirche seinen Bruder in die Bankreihe zurückdrängte, sich Mutters verzweifeltem Flehen, doch Ruhe zu geben, widersetzte, und Onkel Helmut in übelster Weise beschimpfte und ihm das Betreten des Festsaales verbat. Seit meiner Hochzeit rede ich deshalb nicht mehr mit meinem Vater, denn er hatte mir meinen Festtag verdorben und meinen Patenonkel, seinen Bruder, zu tiefst beleidigt.

Meine Versuche, meinen Onkel nach unserer Hochzeit telefonisch zu erreichen, schlugen fehl. Ich schrieb ihm von unserer Hochzeitsreise einen Brief, in dem ich ihm versicherte, dass ich zu ihm stehe und ihn wiedersehen möchte. Mein Brief blieb unbeantwortet. Er schien sich mir entzogen zu haben und ich wusste nicht warum. Ich konnte nur vermuten, dass er mich vor den Reaktionen unserer Familie schützen wollte. Aber die waren mir mittlerweile egal. Ich hatte mich nach diesem Eklat von ihnen losgesagt, wollte nichts mehr mit ihnen zu tun haben, blieb den Familienzusammenkünften fern, hielt nur noch Verbindung zu meiner Mutter, deren Kontakt zu meinem Onkel ebenfalls abgebrochen war.

„Er hatte solche Angst zu kommen", sagte sie mir, „Aber er war so glücklich, dass du ihn eingeladen hast und wollte dich unbedingt wiedersehen, seinen Eddi, den er über alles liebt. Dein Vater ist ein ungehobelter Klotz", versäumte sie nicht anzufügen.

Ich war versucht, einfach nach Ingolstadt zu fahren, um ihn zu besuchen, aber die weite Fahrt und die Ungewissheit, ihn dort eventuell nicht anzutreffen, hielt mich davon ab. So vergingen wieder einige Wochen, in denen der Alltag ihn vergessen machte und die vielen kleinen Sorgen des Lebens Elvira und mich beanspruchten. Ich höre Mutters Stimme noch ganz genau, wie sie mich aufgeregt anrief und mir mitteilte, dass Onkel Helmut in einem Krankenhaus in Ingolstadt läge und es mit ihm zu Ende ginge. Er habe darum gebeten, meine Mutter zu informieren. Ich überlegte nicht lange, empfand es einfach als meine Pflicht, zu ihm zu fahren, um ihm in seinem Kampf ums Überleben beizustehen.

Als ich bei ihm eintraf, war sein Gesicht vom Tod schon gekennzeichnet. Seine Augen waren weit in die Höhlen zurückgetreten, seine Wangen eingefallen, seine Hände waren nur noch ein Knochengerüst, das von faltiger Haut überzogen war. Und dennoch huschte ein Lächeln über sein Gesicht, als er mich sah. „Ach, Eddi, mein Junge", seufzte er mit matter Stimme, „das ich dir das alles antun muss."

„Was tust du mir an?", fragte ich. „Du tust mir gar nichts an. Du nicht."

„All die Mühen, die du dir meinetwegen auflädst. Ich bin es doch nicht wert."

„Na, na, na, wer wird denn so einen Blödsinn daherreden. Du bist mir das alles wert, du ja."

„Was hätten wir alles zusammen erleben können", sagte er, und ich spürte wie sein Körper bebte. „Ich habe immer gewusst, dass du ein gestandener Mann und die Welt erobern wirst, so wie du damals das Siegtor erzielt hast. Weißt du noch?"

„Ja, ich weiß es noch. Ist aber lange her und der kurze Ruhm des Heldseins ist lange verblasst."

„Der verblasst nie, mein Junge, weil du es in deinem Herzen, in deinem Gedächtnis mit dir trägst. Ach, Eddi, was ist das für eine Welt?"

„Es ist unsere Welt, Onkel Helmut, wir haben sie uns gemacht und wir formen sie. Sie ist so, wie wir sie gemacht haben."

„Ich nicht", stöhnte er, „ich habe sie mir nicht so gemacht. Ich bin da hineingestoßen worden. Ich wollte sie so nicht, immer diese Kämpfe, nie in Frieden leben können. Dabei habe ich mich so nach einem kleinen bisschen Glück gesehnt, hätte so gerne an deinem Leben teilgenommen."

„Das kannst du doch jetzt noch. Gib nicht auf!"

Er lachte. „Es ist zu spät, mein Junge, siehst du das denn nicht? Es ist viel zu spät." Er sackte zusammen, war erschöpft vom Reden. Ich ließ ihn ruhen, blieb stumm an seiner Seite sitzen.

Irgendwann wachte er auf, sah mich an seiner Seite, lächelte und forderte mich auf, ihm etwas zu erzählen. Aus dem Erzählen wurde ein Vorlesen der Tageszeitung und als er sich dafür nicht mehr interessierte, nannte er mir Buchtitel, aus denen ich ihm seine Lieblingspassagen vorlesen sollte. So kamen wir auf *Tonio Kröger* von Thomas Mann.

„Fang ganz vorne an", bat er mich. Und über den Rand des Buches ihn beobachtend, sah ich, wie er mit meinen Worten seine Lippen bewegte, so als kenne er das Buch auswendig. Ich hörte, wie er im Schlaf von den Blonden und Blauäugigen sprach und der Name Hans Hansen ihn immer wieder beschäftigte. Ich machte Pausen, wenn er schlief, und las weiter, wenn er mich dazu aufforderte. Als ich die letzte Seite beendet hatte, das Buch zuschlug und aufblickte, war sein letzter Atem verbraucht.

„Also", sagte Onkel Paul zu meinem Vater, „wenn dein Sohn ihn schon herholen musste, dann wird er auch auf unserem Friedhof beerdigt. Aber nicht in unserer Reihe. Hinten, da haben sie Platz für Leute wie ihn."

Ich schwieg. Verfolgte stumm das Geschwätz dieser aufgeblasenen Wichtigtuer, war mir längst darüber im Klaren, dass sie so viel reden konnten, wie sie wollten, sie würden nicht bestimmen, wie, wo oder wann er zu Grabe getragen wurde. Mein Vater, den ich seit meiner Hochzeit das erste Mal für eine längere Zeit als fünf Minuten wiedertraf, sah mich vorwurfsvoll an: „War es notwendig, ihn hierher zu bringen? Hättest du ihn nicht da lassen können, wo er hingehört?"

„Hingehört?", fragte ich, „Sagtest du: hingehört? Verdammt noch mal", schrie ich, dass ich mich selbst erschrak, „Was seid ihr für Menschen, dass ihr euren eigenen Bruder verstoßt?! Hier gehört er hin, hier, wo ich ihn habe hinbringen lassen. Er ist ein Teil von uns, von euch, ihr ..."

„Eddi", sprach Mutter beruhigend auf mich ein, „es war richtig, was du gemacht hast. Du hast ja recht, er gehört hierher, er gehört zu uns."

Vaters Schläfen schwollen vor Zorn an. Onkel Pauls feistes Gesicht schien kurz vor dem Platzen, während die anderen beteiligungslos auf ihren Stühlen saßen und uns zusahen, als glotzten sie in einen Fernseher.

„Was mischt du dich da ein", schnauzte mein Vater Mutter an. Ich trat zwischen sie, da ich befürchtete, er könne sie schlagen.

„Damit ihr klar seht", sagte ich, „ihr habt ihn verstoßen, also habt ihr auf seiner Beerdigung auch nichts zu suchen. Ich kümmere mich um alles. Und außer Mutter und Elvira will ich da niemanden sehen."

Vater sprang auf. „Was erlaubst du dir? Du Grünschnabel!"

„Dein Grünschnabel", antwortete ich ruhig, „erledigt das, was eigentlich deine Aufgabe gewesen wäre. Aber du musstest ja deine *Größe* zeigen, indem du deinen Bruder erniedrigen musstest. Weißt du, wie gerne er zur Familie gehört hätte? Wie sehr er darunter litt, dass ihr ihn vertrieben habt? Weißt du das, ja? Ihr wisst gar nichts! Markiert immer nur die starken Kerle und seid doch Waschlappen, die sich ihrer eigenen Gefühle schämen. Ihr könnt so viel palavern, wie ihr wollt. Eure Zeit ist abgelaufen. Ich kümmere mich um die Reste eures Bruders und werde dafür sorgen, dass er ein angemessenes Begräbnis bekommt." Ich nahm Elvira an die Hand, drehte mich um und ging.

Es war ein trüber Herbstmorgen, die Kastanien hatten ihre braunen Blätter schon verloren, als wir meinen Patenonkel zu Grabe trugen. Wie gerne hätte ich ihm meine kleine Tochter noch gezeigt, die in Elvira heranwuchs. Wie gerne hätte ich sie beim Spielen beobachtet, so wie er mit mir immer gespielt hatte, als ich noch klein war und von der bösen Welt so wenig wusste. Aber wie hatte ich ihm am Sterbebett gesagt? Wir machen uns die Welt selbst. Und doch hatte ich nicht recht, denn manche Menschen haben nicht die Kraft, sich ihre eigene Welt zu schaffen. So wie die Tonio Krögers oder Onkel Helmut.

Loch Lomond

Wir standen auf dem Parkplatz am Touristen-Centrum von Loch Lomond in Schottland. Uns klang noch der Song von Runrick in den Ohren, als wir auf der Landkarte nachschauten, wo uns unser Weg nun hinführen sollte. Auch waren wir noch vom Vortag euphorisiert. Deutschland hatte England bei der Weltmeisterschaft in Südafrika 4:1 geschlagen und in Glasgow hatten Schotten und Deutsche gemeinsam diesen Sieg gefeiert.

Als ich von der Karte aufblickte und den Rückspiegel erfasste, sah ich, wie sich uns ein älterer Herr in Jagdkleidung mit seinem Jagdhund näherte. Ich hatte die Fahrertür offen stehen. Zielstrebig näherte sich der Mann unserem Wagen, bis er uns erreicht hatte und sich zu mir in den Wagen beugte. Ob er uns helfen könne, wurden wir gefragt. Wir suchen eigentlich nur ein weiteres High-light, das wir uns anschauen könnten, antworteten wir. Er deutete auf die Karte und sagte, dass sich diese Stelle lohne, zu besuchen. Dann fragte er uns, wo wir denn herkämen. „Wir wohnen in Deutschland, in Norddeutschland", antwortete ich. Der Schotte lachte und klopfte mir auf die Schulter. „Dann bleibt mal schön hier, hier seid Ihr gut aufgehoben", sagte er und zog mit seinem Jagdhund weiter.

Dabei hatten wir uns über die Fairness der Engländer nicht beklagen können. Die Kommentatoren im Fernsehen hatten unsere Mannschaft in hohen Tönen gelobt und kein gutes Haar an ihrem Team gelassen. Und das ominöse, nicht gegebene Tor, hatten sie als Ausgleich zum „Wembley-Tor" hingenommen. Klar, die englische Yellow-Press hatte mal wieder im Vorfeld des Spieles deutsche Panzer rollen sehen und vorausgesagt, dass ihre glorreiche Mannschaft die Deutschen zerschlagen würde. Was soll's, wir wussten ja, wie der Sprachgebrauch der englischen Bild-Zeitungen war. Umso erfreulicher waren die Fernsehkommentatoren um Gerry Linnacker und eben dieser Schotte, der uns in seinem Land gut aufgehoben sah.

Also zogen wir weiter an den „bunny, bunny banks of Loch Lomond", genossen die Landschaft und die schottische Gastfreundschaft. Die hatten wir auch in der Nähe von Stranraer in einer kleinen an der Landstraße nach Port Patrick gelegenen Teestube erleben dürfen. Nur ein kleines Schild hatte in einer Reihe von Häusern auf dieses Gasthaus hingewiesen. Wir waren die einzigen Gäste und der junge Mann, der uns bediente, hatte uns erlaubt, unsere beiden Cockerspaniel mit hineinzunehmen. Über die Bestellung kamen wir ins Gespräch, wenn es sich auch etwas schwierig gestaltete, da sein Dialekt sehr gewöhnungsbedürftig und schwer verständlich war. Natürlich war auch da Fußball ein Thema. Wir genossen „tea and scones" sowie die angeregte Unterhaltung in dieser kleinen Teestube.

Auch die Vermieterin unseres cottages erwies sich als überaus freundlich. Zumal sich herausstellte, dass sie als Lehrerin an einer Schule in Colmonel tätig war. Da konnten meine Frau und sie viel Erfahrung mit den beiden Schulsystemen fachfraulich austauschen.

Unseren Besuch von Edinburgh hatten wir leider wegen des schlechten Wetters nicht durchführen können, aber dafür fuhren wir am nächsten Tag, das Wetter hatte sich wieder gebessert, nach Sterling, dem Tor zu den Highlands. Vor der imposanten Burg spielten zwei Schotten in ihren typischen Trachten Dudelsack. Das war die richtige Einstimmung. Von der Burg hatte man einen herrlichen Blick über die weite Ebene, die sich vor der am Horizont auftürmenden Bergkette ausbreitete. In der Innenstadt von Sterling genossen wir Tee und Gebäck und konnten bestaunen, was die Schotten aus ihrer Altstadt gemacht hatten. Mitten in die alten Gemäuer, die Fassaden erhaltend, hatten sie ein Einkaufscenter gebaut. Das hatte unsere Heimatstadt nicht auf die Reihe bekommen.

Zurück in Colmonel wanderten wir die nächsten Tage über die grünen, sanften Hügel, folgten dem Flüsschen Stinchar, in dem unsere Cocker ausgiebig badeten. Von Colmonel fuhren wir runter ans Meer über Girvan, dem nächstgrößeren Ort, zum Culzean Castle. Dort verbrachten wir einen herrlichen Tag in der Schlossanlage, genossen den bezaubernden Park mit seinen wunderschönen Gärten und dem Ausblick übers Meer nach Nordirland.

In Ayr war der Wind so stark, dass wir beim ersten Besuch nicht am Strand spazieren gehen konnten. Der Sand wurde vom Wind über die Bucht getrieben und hätte unseren Vierbeinern nicht gut bekommen. Erst beim zweiten Besuch konnten wir den Strand genießen und erlebten im kleinen, in der Nähe des Strandes gelegenen Vergnügungspark, in dem wir unser Mittag zu uns nahmen, das einfache schottische Volk, das sich in seinem Benehmen so sehr von den uns bisher begegneten Menschen unterschied.

Den Galloway-Nationalpark besuchten wir, um auch dort zu wandern. Gerne hätten wir eine längere Zeit dort verbracht, aber wir hatten uns zu spät entschieden, dieses Gebiet zu erkunden. Abends waren wir und unsere Hunde dann müde. Da blieb uns nur das englische Fernsehprogramm, um zu entspannen und Inspektor Barnaby in der Originalsprache anzuschauen.

Am letzten Tag fuhren wir noch einmal runter nach Girvan, genossen noch einmal den herrlichen Blick auf den „North Channel" der irischen See. Doch das Wetter hatte es nicht gut mit uns gemeint. Es begann zu regnen. So kauften wir unsere letzten Fisch and chips in einem Imbiss, setzten uns in unser Auto auf dem Parkplatz und blickten sehnsüchtig durch den Regen aufs Meer.

Ach ja, die Fußballweltmeisterschaft: Deutschland verlor gegen Spanien noch zu unserer Zeit in Schottland, aber in Calais im Hotel auf der Rückfahrt konnten wir noch den Sieg gegen Uruguay erleben.

Mieses Karma

Wir hatten schon länger nicht mehr das Grab meiner Eltern besucht. So entschieden wir uns spontan, als wir mit unseren Enkeltöchtern von einem Ausflug zurückkamen und den Friedhof passierten, mal eben nach dem Rechten zu schauen. Wir gingen also mit unseren beiden Mädchen, vier und sieben Jahre alt, den belaubten Gang zum Grab meiner Eltern, säuberten das kleine Urnengrab, auf dem auch noch für unsere Urnen Platz ist, und standen plötzlich vor der Frage der Siebenjährigen, wie das denn eigentlich so sei, der Tod und so. Wir bemühten uns, den Mädchen verständlich zu machen, was der Tod bedeute. Irgendwie kamen wir dann zu den verschiedenen Religionen und die Große wusste schon, dass es Religionen gibt, die an eine Wiedergeburt glauben.

„Ja", sagte ich, „da gibt es zum Beispiel den Hinduismus, bei dem die Menschen glauben, dass man durch sein Verhalten zu Lebzeiten gutes oder schlechtes Karma sammeln kann, um dann im nächsten Leben in eine höhere oder niedrigere Ebene wiedergeboren zu werden." Ich erzählte, dass man das Karma vereinfacht als gutes oder schlechtes Punktesammeln betrachten könne. Wenn einer immer Gutes im Leben tut, dann sammelt er sehr viel gutes Karma und steigt im nächsten Leben einen Rang höher. Ich ließ mich dann zu dem schlechten Witz hinreißen, dass zum Beispiel eine Frau dann ein Mann werden könne. Das brachte mir einen Rüffel meiner Frau ein. Dann zählte ich auf, dass ein Mensch, der immer Böses mache, seine Mitmenschen ärgert oder noch viel Schlimmeres vollbringt, damit schlechtes Karma sammelt, als Regenwurm, Fliege oder Ameise wiedergeboren wird. Woraufhin der Kleinen einfiel: „Auch als Mistkäfer."

„Genau", antwortete ich. Wir lachten noch darüber und verließen den Friedhof. Kurz bevor wir den Parkplatz erreicht hatten, platzte es aus der Großen heraus: „Mariechen wird ein Mistkäfer, weil sie mich immer ärgert."

Und das alles nur aus Liebe

Kein Tag war wie der andere, jeder war ein Höhepunkt für sich. Seit er sie das erste Mal in der U-Bahn gesehen hatte, veränderte sich seine Welt mit einem Schlag. Alle Sinnlosigkeit seines Daseins war verflogen, alles war nur noch darauf ausgerichtet, sie wieder zu sehen, mit ihr ins Gespräch zu kommen, sie für ihn zu gewinnen.

Aber was in seinen Gedankenspielen so einfach und vorhersehbar war, entpuppte sich in der Wirklichkeit als ein fast unlösbares Problem. Er selbst hielt sich nicht für einen schönen Mann, eher sogar hässlich als mittelmäßig. Und was war an ihm interessant, dass sich eine Frau wie sie für ihn interessieren könnte? Gut, bei näherer Betrachtung war sie auch nicht gerade eine neue Lollobrigida, aber dennoch faszinierte ihn ihre Ausstrahlung, ihr, wenn auch selten gesehenes, Lächeln, ihre weibliche Figur, die so viel erahnen und erhoffen ließ, und dann diese Augen, die so tief und sehnsuchtsvoll dreinschauen konnten, dass ihm bei jedem noch so kleinen und flüchtigen Blickkontakt das Herz außer Kontrolle geriet und es wild und heftig an zu pochen fing.

Nächtelang hatte er wachgelegen, Strategien entwickelt, wie er sie in der U-Bahn ansprechen würde, wie er sich mit ihr angeregt unterhalten, das erste Rendezvous vereinbaren und mit ihr spazieren gehen würde, die erste zarte Berührung, der erste verschämte Kuss, die erste Umarmung und schließlich ...

Aber davor war er dann hochgeschreckt, hatte Ängste entwickelt, denn wenn er zu schnell und zu fordernd vorgehen würde, könnte es sie abschrecken und er würde sie für immer verlieren. Also hakten seine Träume bei der ersten verschämten Berührung ein und gingen nicht weiter, spulten den Traum zurück und begannen bei der ersten bewussten gegenseitigen Wahrnehmung von Neuem.

Er hatte sich gemerkt, wann sie morgens die U-Bahn benutzte, also änderte er seinen Zeitablauf so, dass er sie zwangsläufig treffen musste. An der Rolltreppe wartete er auf sie. So wie sie an ihm vorbei war, setzte auch er sich in Bewegung und folgte ihr in gebührendem Abstand. Nie setzte er sich neben sie, das war zu plump, nein, er wartete auf den richtigen Augenblick, auf die richtige Situation, dass auch sie ihn bemerkte und sich zwangsläufig eine Annäherung ergeben würde. Aber tage- ja wochenlang wartete er vergebens, sie saß auf einem Fensterplatz und er stand am Ausgang, sich an der Haltestange festhaltend. Und wenn sie ihre Station erreicht hatte, stand sie auf, ging an ihm vorbei, ohne ihn zu beachten und stieg aus. Dreimal war er ihr nachgegangen, bis zu diesem großen Bürogebäude, in dem sie zu arbeiten schien. Einmal war er ihr sogar ins Gebäude gefolgt, doch so ein Grobian von Pförtner hatte ihn festgehalten und wollte seinen Firmenausweis sehen, den er nicht vorweisen konnte. Da hatte der ihn auf die Straße hinauskomplimentiert.

Voller Zorn und Schmerz war er zu spät an seinen Arbeitsplatz gelangt und hatte sich den ganzen Tag nicht konzentrieren können. Ihm waren einige Fehler unterlaufen und er hatte sich harte Rüffel seines Vorgesetzten anhören müssen. Wo er denn mit seinen Gedanken sei, er wäre doch sonst so ein penibler und genauer Mitarbeiter. Das hatte ihn dann erst einmal davon abgehalten, ihr aus der U-Bahn zu folgen. Aber als dieser schlimme Tag vergessen war, befiel es ihn wie eine Sucht, er konnte einfach nicht anders, er musste ihr folgen. Einmal hatte sie sich dabei umgesehen und ihn für einen klitzekleinen Moment angesehen. Er drehte sich schnell weg und tat so, als würde er ein Schaufenster betrachten, doch als ihm bewusst wurde, vor was für einer Schaufensterauslage er da stand, lief es ihm heiß den Rücken herunter und sein Kopf schien in höchsten Saunatemperaturen zu stecken. Wenn sie ihn für so einen hielt, der sich so etwas ansah, dann war alle Mühe vergebens, dann würde er nie an die Erfüllung seiner Träume herankommen.

Eines Tages ergab es sich, dass sie bereits ihren gewohnten Fensterplatz eingenommen hatte und er von den einsteigenden Menschen durch den Gang gedrängt wurde, bis er neben ihr stand und der freie Platz ihn direkt anschrie: Nun setz dich endlich. Also setzte er sich. Schweißausbrüche ließen ihn befürchten, unangenehm auszudünsten. Er wagte sich nicht näher an sie heran. Dann hörte er plötzlich, wie jemand neben ihm aus dem Gang nach der Fahrkarte fragte. Ein Kontrolleur hatte sie erreicht und stand fordernd vor ihnen. Sie fingerte in ihrer Handtasche nach ihrer Monatskarte und just in dem Moment, da sie dem Fahrkartenkontrolleur die Karte reichen wollte, ruckte die Bahn und die Karte fiel auf den Boden zwischen seine Füße. Wie erstarrt blickte er auf das Stück Karton zu seinen Füßen und es schien ihm eine Ewigkeit zu dauern, bis er reagierte, sich bückte und mit ihrem Kopf zusammenstieß. „Trottel", hatte sie gesagt. Und es hallte in ihm immer wieder: „Trottel, Trottel, Trottel ...".

Trotzdem reichte er ihr die Karte, da er sie doch vor ihr zu fassen bekam, mit hochrotem Kopf und pochendem Herzen, stammelte ein flehendes „Tschuldigung", obwohl ihm doch nun wirklich keine Schuld traf. Aber da stand sie schon auf, steckte ihre Fahrkarte ein und strebte dem Ausgang zu. Er war wie versteinert. Immer noch hallte dieses barsche „Trottel" in seinem Kopf. Wie konnte seine Geliebte, die er vergötterte, ihm so ein Wort an den Kopf werfen?! Es brannte wie ein loderndes Feuer in ihm. So verpasste er seine Station und er wachte erst aus seiner Erstarrung auf, als ihm die an ihm vorbeirasende Landschaft fremd und unbekannt vorkam. Verwirrt stieg er bei der nächsten Station aus, kroch den U-Bahnausgang hinauf. Und oben am Tageslicht angekommen, brach es aus ihm heraus, er begann jämmerlich zu weinen, alle Dämme öffneten sich, er konnte sich nicht mehr beruhigen. Passanten blieben stehen, sahen ihn an, schüttelten mit dem Kopf oder gingen achtlos an ihm vorüber. Erst als eine etwas ältere Frau bei ihm stehen blieb, ihre Hand auf seine Schulter legte und fragte, ob sie ihm helfen könne, besann er sich, verneinte schluchzend und lief in die U-Bahnröhre zurück. So könne er auf keinen Fall zur Arbeit gehen, sagte er sich, verkroch sich in einen etwas leereren Waggon, fuhr nach Hause und meldete sich bei seinem Arbeitgeber krank. Aber auch Tage und Wochen später sah er sich nicht in der Lage, seine Arbeit wieder aufzunehmen. Er verfiel in eine tiefe Depression, die ihn drohte, in die Psychiatrie zu befördern. „Wir versuchen es noch einmal mit einem Kuraufenthalt in einer Psychosomatischen Klinik", hatte ihm sein Arzt gesagt. Und so sah er sich eines Tages vor eine ältere Klinik, die ihn sehr an Thomas Manns Zauberberg erinnerte, vorfahren und nach dem letzten Strohhalm greifen, der ihn in das Leben zurückführen sollte.

Die weißbekittelten Ärzte und Pfleger aber lösten in ihm eine neue Beklemmung aus. Er fühlte sich mit jedem Tag kränker und tiefer in den Abgrund gezogen. Da wurde er in eine Therapiesitzung beordert, die seiner Depression auf den Grund gehen und ihn von ihr befreien sollte. Sie saßen zu sechst in einem großen, leeren Raum in einem Kreis. Jeder sollte sich vorstellen und den Grund seiner Depression benennen. Eine kleine, krausköpfige Frau hatte unter Tränen als Grund die Untreue ihres Mannes angegeben. Eine andere hatte behauptet, dass ihre Nachbarn sie belauschen und verleumden würden, und eine dritte hatte gesagt, dass sie unter Sexsucht leiden würde. Ein etwas korpulenter, kurzatmiger Mann war dem Stress in seinem Beruf nicht mehr gewachsen und der andere Mann sah sich als Künstler nicht anerkannt. Und nun sollte er sagen, worin er seine Depression begründet sah. Schon die ganze Zeit, während die anderen über ihre Lebens- und Leidenswege berichtet hatten, suchte er angestrengt nach Worten, die sein Leben und sein Leiden beschreiben könnten. Aber wer wollte schon etwas über sein Leben wissen? Wen interessierte sein eintöniges Dasein?

Auf einmal herrschte Stille und alle Augenpaare waren auf ihn gerichtet. Er errötete, spürte, wie Schweißperlen auf seine Stirn traten. Oh Gott, nun war er schon an der Reihe. Er räusperte sich, wischte sich mit einem Taschentuch den Schweiß von der Stirn. Langsam und stotternd begann er, aus seinem Leben zu erzählen, von seinen Eltern, die ihn liebend umsorgten, von der Schule, in der er immer strebsam und mit guten Zensuren ausgestattet war, von den fehlenden Freunden, – oder hätte er das lieber nicht sagen sollen? – von der Lehre, dem Beruf und dann sagte er ohne Zusammenhang das Wort „Trottel". Alle sahen ihn erstaunt an. Er schämte sich. Wieso hatte er gerade „Trottel" gesagt? Und dann saß er wieder in der U-Bahn neben ihr. Ihre Köpfe berührten sich und als sie aufblickte, lächelte sie ihn an. Sie hatte dieses schlimme Wort gar nicht gesagt. Er war es, er selbst, er hatte es ihr in den Mund gelegt, hart, barsch und verletzend. Ja, so erleuchtete es ihm mit einem Male, sie hatte ihn niemals als Trottel bezeichnet, er war es selbst, der sich einen Trottel schalt.

Er wartete das Ende der Therapiesitzung gar nicht mehr ab, sprang auf, rannte hinaus, packte seinen Koffer und verließ den Zauberberg. Morgen würde er wieder in der U-Bahn neben ihr sitzen, sich entschuldigen, sie zu einem Kaffee einladen und im Sommer würde er mit ihr in die Provence in einem offenen Cabrio durch endlose Lavendelfelder fahren. Jawohl, er würde mit ihr das Leben genießen, ihr alle Wünsche erfüllen und sie auf Händen tragen. Ach, das Leben und die Liebe waren schon etwas Wunderbares!

Hormontango

Hans Mangold war seit längerem mit seinem Sexualleben nicht mehr zufrieden.

„Du solltest nicht nur schwanzgesteuert denken", hatte sie ihm abfällig gesagt und hinzugefügt, dass es ja schlimm sei, immer nur an das eine zu denken, da würde doch so viel Energie fehlgeleitet. Doch der Durstige sehnt sich halt nur nach Stillung seines Verlangens.

Seine Konzentration hatte darüber hinaus auch in der Arbeit gelitten. Es unterliefen ihm Fehler, weil er mit den Gedanken nicht bei der Sache war, oder eben doch bei der Sache, nur nicht der richtigen. Da war es nur eine Frage der Zeit, wann seinem Chef Anlass zur Rüge gegeben war. Und es kam schneller als er befürchtete. Ein kapitaler Schnitzer schrie direkt nach einem kapitalen Anschiss. Aber wie es im Leben immer so ist: Bist du unten, kommst du auch wieder hoch. Und wie er hoch kam. Diese süße Blondine aus der Rechnungsabteilung hatte die laute Stimme des Chefs durch die Tür mitbekommen. Nun stand sie vor Hans Mangold, die langen gelbblonden Haare glatt auf der dunkelroten Bluse liegend, die oberen drei Knöpfe geöffnet, dass er die Spitzen ihres schwarzen BHs sehen konnte, der zwei feste, gute handvoll Brüste zusammenhielt. Sie benetzte ihre dunkelroten Lippen mit der Zunge, beugte sich zu dem zusammengesunken auf seinem Bürostuhl sitzenden Mangold hinunter und sprach ihm tröstende Worte zu. Aber er verstand nur: „Nimm mich! Komm, trau dich! Nimm mich!"

Er griff zu, umfasste ihre schlanken Hüften, zog sie an sich und spürte ihren warmen, verlangenden Körper, roch ihren betörenden Duft, blickte in ihre freudig verblüfft dreinschauenden braunen Augen, ließ seine Hände erst über ihren festen Hintern und dann den Rücken gleiten. Ertastete den Verschluss ihres Büstenhalters, streichelte ihren weißen Nacken. „Nimm sie! Jetzt! Nimm sie!", schrie es in ihm. Doch ein anderer Schrei, nämlich der seines Chefs, ließ ihm jegliche

Lust vergessen, senkte sein Liebesthermometer mit einem Schlag auf Null und schale Ernüchterung machte sich in seinem Körper breit.

Rosanna Orbanowski rückte leicht beschämt von ihm ab, glättete ihre Bluse und verließ mit einem süffisanten Lächeln auf den Lippen sein Büro. Wer von den sich gegenüberstehenden Männern den roteren Kopf in diesem Moment hatte, ließ sich schlecht beurteilen, auch wenn beide ihre Gesichtsfarbe aus anderen Gründen verfärbt hatten. Zum zweiten Mal an diesem Tag musste Mangold die keifende Stimme seines Chefs ertragen und war die Beschimpfung zuvor überwiegend sachlich begründet, so ergoss sich nun eine Tirade übelster Verunglimpfungen über ihn. Ob er in der Midlife-Kriese stecke und seine Hormone verrückt spielten, war dabei noch das Harmloseste.

Der Tag war gelaufen, die Konzentration auf die Arbeit vollends zunichte. Heiß und kalt durchströmte es seinen Körper, mal dachte er an die Standpauken seines Vorgesetzten, mal an den rätselhaften Blick Rosannas, mal an die Schmach des Erwischten, mal an das Verlangen. Ein Wirrwarr von Gefühlen, die es unmöglich machten, sich auf irgendetwas zu konzentrieren. Und so fieberte er dem Feierabend entgegen, wollte nur noch raus aus dieser Anstalt, Luft, Freiheit verspüren und von süßen Versprechungen träumen.

Aber diese Träume waren spätestens mit Betreten der Wohnung verpufft, quakende Kinder, eine nörgelnde Frau, die ungekämmt und verschwitzt ihm entgegentrat, nach Küchengerüchen duftend. Er hatte sich vorgenommen, sie in den Arm zu nehmen, mit ihr zärtlich zu sein, doch sie hatte bereits diese Mauer zwischen ihnen errichtet, die er noch nie verstanden hatte niederzureißen. Beim Essen offenbarte sie ihm dann, dass sie in den nächste Woche beginnenden Schulferien mit den Kindern zu ihren Eltern nach Greetsiel fahren würde. Sie brauche mal eine andere Umgebung und andere Leute um sich. Er würde schon alleine zurechtkommen. Im Gefrierschrank hätte sie reichlich eingefroren, das er nur aufzutauen brauche.

Na ja, vielleicht war es mal ganz gut, dass sie sich eine Zeitlang nicht sahen, dann würde vielleicht ihr Verlangen nach Zweisamkeit mit ihm wieder steigen und ihr Sexualleben könnte wieder ins Lot gerückt werden. Er sah sie frisiert und geschminkt in einer dunkelroten Bluse vor sich, durch die er ihren schwarzen Büstenhalter wahrnahm, erahnte dieses Parfüm, dessen Name er immer wieder vergaß, das sie aber auftrug, wenn sie in Stimmung und guter Laune war.

„Du hörst mir ja gar nicht zu!", weckte sie ihn aus seinen Träumen. „Was ist bloß los mit dir? Das geht nun schon Wochen so. Ständig bist du mit deinen Gedanken ganz woanders!", fügte sie entrüstet an.

„Ärger in der Arbeit", murmelte er, stand auf und setzte sich ins Wohnzimmer und versteckte sich hinter der Programmzeitschrift, um den gemeinsamen immer wiederkehrenden Fernsehabend zu planen.

Seine Frau klapperte in der Küche mit dem Geschirr, die Jungen rannten lärmend in ihr Zimmer, bekamen sich da offensichtlich in die Haare, dass er laut brüllend um Ruhe bat. Und das war nun das tägliche Leben. Wo waren die Illusionen, die Träume geblieben, wo die Abwechslung und wo die Liebe? Er ließ das Fernsehprogramm sinken, sah wieder Rosanna vor sich und durch seine Finger strömte erneut das Gefühl, das ihn beschlich, als er jeden Zentimeter ihres Rückens mit Fortsatz ertastete. Er seufzte, stand auf, ging auf den Balkon und zündete sich eine Zigarette an. Der Qualm biss aufdringlich in seine Lungen, aber es war als flöße damit ein Stück verlorene Leichtigkeit in ihn zurück. Er schüttelte den Kopf. Nein, das musste nicht sein. Er liebte seine Frau, die Kinder, auch wenn es nicht immer leicht war. Wenn sie nur seine Liebe erwidern würde. So wie früher, als sie jung verliebt waren, Zärtlichkeiten austauschten und alle Möglichkeiten ihrer Körper austesteten. Da war so manche Nacht mit aufregenden Experimenten draufgegangen, dass er am Tag am Arbeitsplatz mit seiner Erschöpfung hatte kämpfen müssen. Aber nun? Nichts war vor alledem geblieben. Wenn es hochkam, war ihr Verlangen auf einmal in vier Wochen reduziert. Und wenn sie gnädig gestimmt war, durfte er sich in dieser Zeit noch einmal zusätzlich auf ihr befriedigen. Von Experimenten war nichts mehr geblieben, eine Standardstellung, das war's.

Er drückte seine Kippe im Blumenkasten aus und wollte gerade Blumenerde darüber schaben, als er die Balkontür in seinem Rücken quietschen hörte. Schuldbewusst zog er die Kippe schnell heraus und ließ sie in seiner Hand verschwinden.

„Na, hab ich dich wieder erwischt?", feixte sie zufrieden und schüttelte ein nasses Geschirrhandtuch aus, um es auf den Wäscheständer aufzuhängen.

Hans Mangold antwortete nicht. Er war versucht, die Kippe über die Brüstung zu werfen, aber er unterdrückte dieses Verlangen. Ute stellte sich neben ihn, sah ihn an und schüttelte den Kopf.

„Dass man dich immer ermahnen muss. Findest du das nicht selbst blöde und prollig, die Kippen in den Blumenkasten zu vergraben? Was denkst du dir eigentlich dabei?"

„Nichts!", antwortete er lakonisch.

Sie lachte verächtlich auf. „Nichts! Genau das ist es. Du denkst dir nichts dabei. Da oben scheint sowieso einiges durcheinander", sagte sie zynisch und bohrte mit ihrem Zeigefinger an seine Schläfe.

Er strich ihre Hand mit einer kurzen Armbewegung weg, sah sie strafend an und starrte wieder auf den gegenüberliegenden Block, den man mit Gerüsten versehen hatte, um ihn zu streichen, wie auch ihr Wohnblock in den nächsten Wochen gestrichen werden sollte.

Ute wollte gehen, aber er drehte sich um, hielt sie am Arm fest.

„Was ist los mit uns?", fragte er und sah sie traurig an.

„Was ist los mit uns?", äffte sie ihn mit dieser kindlichen Stimme nach, löste sich aus seinem Griff und ließ ihn alleine auf dem Balkon.

Es brannte in ihm. Was war nur aus ihnen geworden? Wo war der Respekt, die Achtung voreinander? Wo das Verständnis und das Verstehenwollen? Was hatte er falsch gemacht, dass sie sich ihm entzog? Warum konnte sie ihn nicht mehr so lieben wie früher? Er vergrub die Kippe, die er immer noch mit der Faust umschlossen hatte, in den Balkonkasten, rotzte über den Balkon und ging zu den Jungen, um sie zu fragen, ob sie Lust hätten, Fußball zu spielen. Aber die hatten gerade eines ihrer Computerspiele begonnen und verspürten keine Lust, dem unverhofften Wunsch ihres Vaters zu folgen. So blieb ihm nichts anderes, als sich vor die Glotze zu setzen und sich stumpfsinnig für den Rest des Tages berieseln zu lassen. Als er sich am Abend mit einem verzweifelten Versuch seiner Ute nähern wollte, wies sie ihn barsch zurück, er solle das lassen. Sie habe keinen Nerv dafür. Er drehte ihr den Rücken zu, versuchte zu schlafen, aber das Brennen in ihm und die Ereignisse des Tages wollten ihn nicht zur Ruhe kommen lassen, marterten ihn bis spät in die Nacht, um ihn am nächsten Morgen gerädert in einen neuen Tag hinauszuspucken.

Als er hohl, müde und stumpfsinnig den gewohnten Weg zur Arbeit fuhr, eine Ampel mit ihrem roten Signal ihn zum Stoppen zwang, waren sie mit einem Male wieder da – die rote Bluse der Kollegin aus der Rechnungsabteilung und der rote Kopf seines Chefs. Beides ließen auch seine Gesichtsfarbe wieder verändern, jagten ihm Schweißperlen den Rücken hinunter, der sich abkühlte und klebrig nass zwischen Haut und Hemd legte. Vor was oder wen sollte er mehr Angst haben? Rosanna oder Bachmann? Bachmann konnte ihm das Leben zur Hölle machen, Rosanna ihm den Himmel bescheren. Ihr Blick, durchfuhr es ihm, die war nicht abgeneigt. Im Gegenteil, es schien ihr zu gefallen, wie er sie an sich gezogen hatte, ihren Rücken betastete und wie er sein Verlangen signalisierte. War in ihren Augen auch Verlangen?

Die Ampel hatte schon eine Grünphase wieder übersprungen

und wütende Autofahrer hinter ihm hupten und schimpften, rissen ihn aus seinen Gedanken. Er wollte anfahren, registrierte aber im letzten Moment, dass das Verkehrslicht bereits wieder in seine Lieblingsfarbe gewechselt hatte. Nein, nein, sagte er laut und schüttelte den Kopf, es durfte nicht sein, was nicht sein durfte. Schlag sie dir aus dem Kopf. Du hast eine Frau und zwei Kinder, die du liebst, und nur wegen ein paar Minuten Vergnügen setzt du das nicht aufs Spiel. Aber eine andere Stimme in ihm verhieß ihm Wollust ohne Ende, Erfüllung seiner kühnsten Träume, einen Orgasmus der seinen Körper bis an die totale Ermattung heranführen würde. Doch dieser nie endende Orgasmus wurde jäh durch einen aufgebrachten Verkehrsteilnehmer unterbrochen, der wild vor Wut an Mangolds Seitenscheibe hämmerte, ihm den Scheibenwischer machte. Hans Mangold sah gelangweilt in einen sich immer wieder öffnenden Mund, aus dem wohl die wüstesten Beschimpfungen herauskatapultiert wurden. Und so, als würde ihn das alles nichts angehen, drehte Mangold den Zündschlüssel herum, öffnete langsam die Wagentür, stieg aus und sah die Straße zurück, in der sich hinter seinem Auto eine lange Wagenschlange mit arbeitswilligen Menschen gebildet hatte, die sehnsüchtig und wütend darauf warteten, dass sie ihren Weg zum Arbeitsplatz fortsetzen konnten. Neben sich wurde er nun auch akustisch den Scheibenklopfer gewahr. Und erst als Mangold das Wort „Arschloch" aus dem Mund des anderen geschrien verstand, wandte er sich ihm zu, lächelte ihn an und fragte ihn: „Was willst du, Penner?"
Der nun so titulierte verstummte für zwei Sekunden, schluckte und setzte mit wilder Gestik seine Schimpftiraden fort, die Hans Mangold aber nur peripher berührten. Doch unversehens sah er sich von einer erbosten Meute von Männern umringt, die auf ihn einschimpften, Vögel, Stinkefinger und Scheibenwischer zeigten, bis aus der Menge mit einem Male eine Faust herausschoss, Mangold auf die Nase traf, er spürte, wie Blut seine Lippen benetzte, das Geschimpfe der Leute sich in grollendes Gemurmel verwandelte, sich die Rudelbil-

dung auflöste und er alleine vor geöffneter Wagentür und einer grünen Ampel stand. An ihm zogen die ersten aus der Wagenschlage vorbei, bedachten ihn noch einmal mit den verschiedensten Beschimpfungen und Handzeichen, und Hans Mangold wurde gewahr, wie blödsinnig er sich verhalten hatte, wischte das Blut mit einem Taschentuch ab, setzte sich in seinen Wagen, startete ihn und zog bei Rot über die Kreuzung, noch registrierend, wie ein greller Blitz die Kreuzung erhellte.

Am Arbeitsplatz hatte sich die nichterledigte Arbeit vom Vortag gestapelt. Und nachdem er seine Blessur heimlich auf der Toilette behandelt hatte, schärfte er sich ein, sich nun endlich zusammenzureißen und seinen Pflichten nachzukommen. Das ging auch die ersten Stunden gut, aber je mehr sich der geringe Schlaf der letzten Nacht bemerkbar machte, um so unkonzentrierter wurde er, legte er eine um die andere Kunstpause ein und seine Gedankenwelt entfernte sich mehr und mehr von seinem Arbeitsplatz. Bald war es dieses und jenes, an das er dachte, und es dauerte gar nicht lange, da war sie wieder da, die rote Bluse mit den prallen Brüsten unter schwarzem BH. Er kämpfte dagegen an, verfluchte sich und seine Gedanken. Doch mit dem Kampf obsiegte der Wunsch, in das Büro der blonden Blusenträgerin zu gehen, mit ihr zu sprechen, ja, sie vielleicht sogar zu berühren.

„Wie weit sind Sie mit der Wochenauswertung?", wurde er jäh in seinen Träumen geweckt.

Bachmann hatte in seiner unnachahmlichen Art geräuschlos die Tür geöffnet, sich in den Raum geschoben, was trotz seiner Körperfülle wie ein geschmeidiges Anschleichen wirkte. Mangold räusperte sich, schob verlegen ein paar Papiere auf seinem Schreibtisch hin und her und bekannte, das er noch nicht so weit sei. Aber im Laufe des Nachmittags könne sein Chef darüber verfügen.

Bachmann ergriff den Stuhl vor Mangolds Schreibtisch, rückte ihn zwei Meter zurück und ließ sich prustend darauf fallen, dass der Sitz ächzend zehn Zentimeter nach unten sackte.

„Mensch, Mangold, was ist los mit Ihnen? Das kenn ich von Ihnen gar nicht", sagte er schnaubend und wischte sich mit einem gebügelten und zusammengefalteten Taschentuch den Schweiß von der Stirn. Und mit einem bemüht väterlichen Unterton fragte er, ob es Probleme in der Familie oder sonst wie gäbe.

Hans Mangold legte sich in rascher Folge die verschiedensten Ausreden zu recht, aber letztlich war keine dazu angetan, seinem Chef präsentiert zu werden. Er zuckte nur mit den Achseln und sagte, er wisse auch nicht, was mit ihm los sei.

„Ich beobachte sie nun schon eine ganze Zeit. Früher waren Sie mein zuverlässigster Mitarbeiter. Aber – wie gesagt – das war früher. Sie sind in letzter Zeit unkonzentriert und fahrig. Und was war das denn gestern mit der Orbanowski?" Ein süffisantes Lächeln huschte über das feiste Gesicht des Chefs und mit drohendem Finger und gleichzeitig wedelndem Taschentuch, das sich noch in der selben Hand befand, fügte er hinzu. „Sie wollen doch wohl mit der nichts anfangen? Über die ist doch schon die halbe Firma gestiegen. Und Sie sind doch verheiratet, haben eine bezaubernde Frau und zwei entzückende Jungen. Mensch, Mangold, lassen Sie die Finger von der. Und denn noch hier im Büro, wo das jeder mitbekommt. Das kann ich doch nicht zulassen. Das müssen Sie doch verstehen."

Schnaubend stand er auf, wischte sich noch einmal Schweißperlen von der Stirn und schob den Stuhl an Mangolds Schreibtisch. Unter seinen Achselhöhlen hatten sich weiße Schweißränder auf seiner grauen Anzugsjacke gebildet. Er beugte sich auf das Mobiliar abstützend zu Mangold.

„Reißen Sie sich zusammen, Mangold", säuselte er mit einem drohenden Unterton, „es würde mir Leid tun, mich von Ihnen trennen zu müssen." Er richtete sich auf und mit ihm entfernte sich ein beißender Schweißgeruch.

In der Tür blieb er noch einmal stehen, drehte sich umständlich um und erinnerte seinen Mitarbeiter nachdrücklich daran, dass er den geforderten Wochenbericht bis vierzehn Uhr auf seinem Schreibtisch liegen haben wolle. Hans Mangold wollte gerade die Unmöglichkeit dieses Verlangens hinauspressen, da war Bachmann hinter der verschlossenen Tür schon verschwunden. Mangold ergriff wütend einen vor ihm liegenden Stapel Papiere und schleuderte diese in Richtung Tür. Doch das war keine wirkliche Hilfe. Zu gut kannte er Bachmann. Wenn er der Forderung nicht nachkommen würde, dann erginge es ihm schlecht und sein Job in dieser Firma wäre gefährdet. Also hieß es für ihn, die Mittagspause durchzuarbeiten, sich nicht ablenken zu lassen und nur noch diesen blöden Wochenbericht anzufertigen. Dabei kam ihm der Gedanke, dass, wenn der Chef um vierzehn Uhr auswärts Termine hätte, er sich doch nicht so beeilen müsste. Also rief er bei der Chefsekretärin an und erkundigte sich nach dem Terminplan Bachmanns. Doch zu seiner Enttäuschung war der Chef ausgerechnet an diesem Tag den ganzen Tag im Hause. Entsprechend musste er sich sputen.

So vergaß er unter diesem Termindruck seine abschweifigen Gedanken, ackerte den Mittag durch und pünktlich um vierzehn Uhr legte er seinem Chef den Bericht vor.

„Ich wusste doch, dass ich mich auf Sie verlassen kann, Mangold. Warum nicht gleich so", lobte ihn Bachmann und schleuderte den Bericht in seine Schreibtischschublade, wo er für den Rest des Tages verschwand.

Hans Mangold drehte sich zögernd um, da Bachmann ihn keines weiteren Blickes mehr würdigte und sich wieder seinen Papieren zuwandte, und verließ das Büro. Wenn er sich beeile, würde er vielleicht noch etwas in der Kantine zu essen bekommen, dachte er und sputete sich, den Essenstempel der Firma zu erreichen. Er hatte Glück, bekam noch eines der letzten Essen und drehte sich in den Saal, um nach einem Platz Ausschau zu halten. Da sah er sie, ihre blonden Haare, die ihr auf die Schulter fielen und ihr Gesicht wie eine glänzende Gardine umrahmten. Sie saß mit einem Kollegen an einem Tisch, war mit ihm in ein Gespräch vertieft und hatte Mangold noch nicht wahrgenommen. Dieser zögerte, kämpfte mit sich, ob er sich an ihren Tisch setzen solle, nach dem Motto: Hallo! Ich bin es, dein neuer Stecher. Aber dieser Gedanke trieb ihm die Schamesröte ins Gesicht und er setzte sich an einen freien Tisch mit dem Rücken zu ihr. Und während er nervös die Suppe in sich hineinlöffelte, dachte er daran, was der Chef über sie gesagt hatte. Die halbe Firma war bereits über sie gestiegen. Warum wusste er noch nichts davon? Doch wenn die halbe Firma sich schon mit ihr vergnügt hatte, was hinderte ihn daran, auch über sie zu steigen. Wenn sie es nicht so genau nahm, dann würde sie doch sicherlich keine Ansprüche stellen, von wegen Scheidung, Heirat und so'n Kram. Sicherlich suche auch sie dann nur ein abwechslungsreiches Vergnügen ohne Verpflichtung.

„Hallo", hörte er plötzlich ihre Stimme hinter sich und er verschluckte sich und musste husten.

Sie setzte sich zu ihm, klopfte ihm den Rücken und sah ihm lächelnd in die Augen.

„Oh, das tut mir aber leid", säuselte sie, „das wollte ich nicht."

„Schon gut", prustete er kurzatmig, „es geht schon."

Peinlich, dachte er, erstens wie ich mich benehme und zweitens, dass sie mir so vertraut den Rücken klopft. Wenn das die halbe Firma ... die schon ... oder so.

„Na, von dem Schreck erholt?", fragte sie zutraulich, beugte sich zu ihm und schaute ihm spöttisch ins Gesicht.

„Es geht schon", keuchte er.

„Ich meine gestern. War das so schlimm, dass Bachmann ...?" Sie hob mit dem rechten Zeigefinger sein gesenktes Kinn.

Hans Mangold errötete und ärgerte sich darüber.

„Ach Gott", spöttelte sie, „er kann ja noch rot werden. Wie schön." Sie erhob sich, rückte geräuschvoll den Kantinenstuhl zurecht, dass spätestens jetzt die letzten Kantinengäste auf sie aufmerksam wurden. „Ich muss dann mal wieder. Die Arbeit ruft. Wäre schön, wenn wir uns wiedersehen würden."

Sie tänzelte grazil auf ihren hohen Stöckelschuhen klappernd über den Kantinenfliesenboden und nicht nur Hans Mangold verfolgte ihren wippenden Hüftschwung mit seinen Blicken bis sie hinter der sich zuschlagenden Schwingtür verschwunden war.

Als er am Abend nach Hause kam, war die Wohnung leer. Waren denn schon Ferien? Frau und Kinder hatten das Haus verlassen. Ein kurzer Brief: „Sind vorzeitig zu den Eltern. Muss mir über einiges klar werden." Na die sind gut!, dachte er, lassen mich hier alleine, hauen einfach ab. Gähnende Leere in der ganzen Wohnung, nun hätte er Gelegenheit, all das zu machen, was er bisher geglaubt hatte zu versäumen: In die Kneipe Billard spielen, auf den Fußballplatz mit alten Kumpeln bolzen, in Ruhe lesen. Aber zu nichts stellte sich die richtige Lust ein. Bis ihn wieder eine andere Lust ergriff und seine Gedanken darum kreisten, wie er diese Lust sättigen konnte. Er holte das Telefonbuch hervor, suchte Rosannas Nummer. Sollte er sie anrufen? Nein, besser gleich hinfahren, sie überraschen. Wenn sie Lust hätte, würde er mit ihr in den Nachbarort zum Essen fahren. Vorher und nachher könnten sie ja noch ein wenig ein anderes Verlangen stillen.
Er geriet in euphorische Hektik, duschte, dieselte sich ein und zog den hellen Anzug mit einem schwarzen Hemd an, schlüpfte in die italienischen Slipper. Durch die Stadt konnte es ihm nicht schnell genug gehen. Und dann noch das Problem des Parkplatzes. Auf der Treppe in den zweiten Stock musste er sich erst einmal beruhigen, den beginnenden Schweiß bremsen, Luft holen. Bloß nicht außer Atem an ihrer Tür klingeln. Sein Herz pochte laut, als er vor ihrer Tür stand. Er zählte bis vier, dann drückte er den Klingelknopf.
Es dauerte keine Minute, da wurde die Tür geöffnet und so ein Schrank von einem Mann stand vor ihm, Muskel bepackt mit allerhand Tattoos. Mangolds Gesichtszüge entgleisten und der Typ vor ihm wusste sofort Bescheid, was sein Anliegen war. Ohne ein Wort zu verlieren drosch er seine Faust in Hans Mangolds Gesicht. Dieser sank wie von einer Axt gefällt zu Boden und spürte noch den Tritt, der ihn dort traf,

wo es ihm am meisten schmerzte. Dann war alles zappenduster.

Als Hans Mangold wieder aufwachte, wusste er zunächst nicht, wo er sich befand. Aber allmählich wurde ihm gewahr, dass es sich bei diesem Raum nur um ein Krankenzimmer handeln konnte. Jetzt fühlte er, dass sein Kopf verbunden war, sich der Kiefer nicht mehr bewegen ließ. Was jedoch noch viel schlimmer war, irgendetwas zwischen seinen Beinen schien zu fehlen.

Notamputation hieß es später. Und mit Bedauern verriet man ihm, dass es mit seinem Sexualleben in Zukunft wohl nicht mehr so sein würde wie früher. Er könne jedoch beruhigt sein, den Schläger habe man verhaftet und er könne diesen zur Rechenschaft ziehen. Na ja, dachte Hans Mangold, denn ist ja alles gut.

Verschwundene Erinnerung

„Nürnberg", sagte sie plötzlich wie aus heiterem Himmel.

„Wie: Nürnberg?", fragte ihre Tochter.

Aber da war der Gedanke schon wieder verflogen und die Mutter starrte vor sich hin, als würden ihre Augen nichts erfassen.

„Was meinst du mit Nürnberg?", fragte die Tochter noch einmal.

Sie bekam keine Antwort. Sah nur, wie ihre Mutter wieder in ihr inneres Gefängnis zurückgekehrt war, keine Regung zeigte und nicht zugänglich für ihre Fragen war. Sie versuchte es trotzdem noch einmal. „Was willst du mir damit sagen? Was ist mit Nürnberg?"

Es schien ein leichtes Lächeln über die Lippen ihrer Mutter zu huschen. Hatte sie sie verstanden? Amüsierte sie sich, weil sie ihr keine Antwort gab? Nein, das konnte nicht sein. Für solche Gedankenzüge schien ihr Hirn nicht mehr fähig.

„Hast du an Holger gedacht?", fragte die Tochter, denn ihr war eingefallen, dass ihr älterer Bruder einmal in Nürnberg gewohnt hatte. Er war eine Zeit lang verschwunden, aus Gründen, an die sich seine Schwester nicht mehr erinnern konnte. Oder wurde das eigentlich niemals richtig aufgeklärt? Jedenfalls war ihre Mutter eines Tages mit Tränen in den Augen auf sie zugestürmt und hatte ihr aufgeregt erzählt, dass Holger sich wieder gemeldet hätte. Er sei in Nürnberg und habe die Familie zu sich eingeladen. Das kam ihr sehr suspekt vor. Wieso hatte sich ihr Bruder über ein Jahr nicht bei der Familie gemeldet und nun plötzlich lud er sie nach Nürnberg ein?

Ihr Vater hatte es verächtlich schnaubend zur Kenntnis genommen. „Von mir aus fahrt", hatte er gesagt, „mich hat er ja wohl nicht eingeladen, sonst hätte er sich bei mir entschuldigt." Aber nachdem die Mutter ihn dann lange genug bearbeitet hatte, waren sie alle zusammen mit dem Auto nach Nürnberg gefahren.

Der Bruder lebte in einer kleinen Zweizimmerwohnung in einem alten, etwas abgewirtschafteten Mietshaus im ersten Stock. Es sah alles sehr ärmlich aus. Aber er begrüßte sie mit überschäumender Freude, als wäre er nie verschwunden gewesen. Auch vermochte er es mit Hilfe der Mutter immer wieder, Fragen nach seinem Verbleiben nicht zu beantworten und auf andere Themen zu lenken. Er würde sich jetzt demnächst verloben, erzählte er mitten in einer dieser unangenehmen Fragen. Der Vater sah das mal wieder skeptisch. „Wovon willst du die Familie ernähren?", fragte er mit einem etwas zynischen Unterton, denn er hatte wohl mitbekommen, dass sein Sohn nicht gerade auf Rosen gebettet war und von dem Gehalt eines Einzelhandelsverkäufers keine großen Sprünge machen konnte.

Aber der Sohn war schon immer ein Träumer, der den Realitäten nicht ins Gesicht zu schauen vermochte. Seine zukünftigen Schwiegereltern hätten ein Geschäft und das würde sich schon alles ergeben. „Aha", sagte der Vater verächtlich und dämpfte damit für einen Moment die euphorische Stimmung. „Nun mach dem Jungen doch nicht immer gleich die Stimmung kaputt", wandte die Mutter ein und strich ihrem erwachsenen Sohn liebevoll über den Kopf. „Holger wird das schon machen."

Der Vater sagte nichts mehr, dachte sich nur seinen Teil.

Weder Braut noch zukünftige Schwiegereltern wurden an dem Wochenende ihres Besuches vorgestellt. Und schon bald nach der Rückkehr aus dem entfernten Nürnberg war auch nicht mehr die Rede über eine Verlobung. Die hatte sich irgendwie in Wohlgefallen aufgelöst.

‚Wieso kommt sie gerade jetzt auf Nürnberg?', ging es der Tochter durch den Kopf. Das war so viele Jahre her. Der Bruder lebte nicht mehr, war mit fünfzig an Herzversagen gestorben, hatte zuvor der Mutter aber so manch schlaflose Nacht bereitet. Denn eine Mutter hing an ihren Kindern, auch wenn sie erwachsen waren und die größten Dummheiten begingen. Es blieben immer die Kinder. Und ihre Mutter hing besonders an dem Sohn, der immer das Sorgenkind der Familie war. Sie hatte ihm immer aus Notlagen geholfen, auch ohne dem Wissen des Vaters, der mit seinem Sohn viel härter ins Gericht ging.

Die Mutter war immer um einen Ausgleich in der Familie bemüht. Sie versuchte stets, eine nicht zu erzwingende Harmonie herbeizuführen und die Stimmungen in der Familie zum Positiven zu wenden. Sie war stets auf der Suche nach dem kleinen Glück des Alltags, versuchte das Heim zu verschönern, mit Kleinigkeiten, die zeigen sollten, hier lebt eine glückliche Familie. Aber Sohn und Ehemann machten es ihr schwer. Doch sie ließ sich nicht entmutigen.

Das ging ihr ganzes Leben so, bis zu dem Zeitpunkt, da sie von dieser schleichenden Krankheit des Bewusstseinsverlustes befallen wurde. Nach und nach veränderte sich ihr Wesen. Waren es erst die kleinen Dinge, die sie falsch machte und die sie vergaß, wobei sie sich empört darüber entrüstete, machte man sie darauf aufmerksam, war es schließlich die Depression, die sie ergriff, da ihr wohl bewusst zu werden schien, dass sich etwas in ihrem Kopf veränderte. Die Erinnerung ging verloren und mit ihr das ganze Leben. Es schien ausgelöscht, verschwunden, nie existiert zu haben. Nur die Menschen um sie herum konnten sich noch daran erinnern, aber das, was ihr eigenes Erleben, Empfinden und Erinnern war, das war für sie unwiederbringbar verloren.

Bei diesen Gedanken traten der Tochter Tränen in die Augen. Wie schwer war es für sie, sich ihre Mutter entfremden zu sehen. Das war nicht mehr die trotz aller widrigen Lebensumstände doch so lebensfrohe, immer hilfsbereite Frau und Mutter. Ihr Blick war fremd, ängstlich, verwirrt und dann so leer, dass man meinen konnte, sie erfasse überhaupt nicht mehr, was um sie herum passiert.

„Möchtest du noch etwas? Soll ich dir noch einen Apfel schälen?", fragte die Tochter, aber die Mutter reagierte nicht, hatte wieder dieses starre Augenpaar, das erkennen ließ, dass sie in einer anderen Welt gefangen war.

„Ich muss jetzt wieder", sagte die Tochter, „ich sag der Schwester Annegret Bescheid. Tschüss, Mama, mach's gut. Ich schaue morgen wieder vorbei." Damit gab sie der Mutter einen Kuss auf die Wange und verließ traurigen Herzens das Zimmer. Doch dann huschte doch noch ein Lächeln über ihr Gesicht. „Nürnberg, hat sie gesagt, Nürnberg", murmelte sie laut vor sich hin. Da war also doch noch ein kleiner Fetzen Erinnerung.

Wenn der Mond im Meer versinkt

Der alte Mann starrte in die Schwärze der Nacht. Schaumkronen auf dem Meer durchbrachen die vor ihm liegende Dunkelheit. Das Anbranden der Wellen hatte eine klagende Melodie angenommen. Sein vom Wetter gegerbtes Gesicht verriet, dass er sein Leben lang auf See verbracht hatte. Seine braungebrannten, sehnigen Arme waren es gewohnt, anzupacken. Die Schirmmütze hatte er neckisch etwas nach hinten geschoben, obwohl ihm nicht zum Scherzen zumute war. Der Zigarettenstummel in seinem linken Mundwinkel glimmte glutrot, als der alte Mann an ihm sog, sodass sich seine Wangen einhöhlten. Als der Rauch seine Nase verließ, nahm er die Kippe aus dem Mund und schnippte sie in den Sand des Strandes. Er atmete tief aus, so als wollte er sich von einer Last befreien.

„Ewig", sagte er mit Bestimmtheit, „ewig lebt deine Familie vom Fischfang. Ewig! Deine Ururväter, ich, dein Vater!" Er wandte sich dem jungen Mann neben ihm zu, der mit ihm auf der Bank saß. Ein kräftiger, junger Bursche Anfang Zwanzig in weißem Hemd, seine schwarzen Haare geölt und nach hinten gekämmt. „Du kannst die Familientradion nicht einfach beenden. Das Schiff ist unser Leben, also auch deines." Der junge Mann sah seinen Großvater nicht an. „Meinem Vater hat es das Leben gekostet", sagte er vorsichtig.

„Ja, das ist schlimm", antwortete der alte Mann, „und er war in der Familie nicht der Erste, der sein Leben auf See lassen musste. Aber das hat uns nicht gehindert, unserer Berufung nachzugehen. Wir waren alle Fischer, wir sind Fischer und wir bleiben Fischer."

Der junge Mann schwieg, wenngleich es in ihm brodelte. Am liebsten hätte er seinem Großvater so viel gesagt. Die Erträge, die sie einfuhren, wurden immer geringer. Die großen Fischfangflotten der Konzerne hatten ihnen mehr und mehr der Fänge genommen. Die harte Arbeit wurde den kleinen wie sie nicht mehr belohnt. Über kurz oder lang müssten sie ohnehin den Betrieb einstellen. Die Kosten für das Boot fraßen ihnen die dünne Marge ohnehin weg. Es blieb kaum noch was zum Leben. Und Fisch tagein tagaus zu essen, war auch nicht das, was er sich von der Zukunft erhoffte.

„Tradition", begann der Alte von Neuem, „Tradition ist das, was uns zusammenhält …"

„Und uns verhungern lässt", unterbrach ihn der junge Mann nun doch.

Der Alte sah ihn verwundert an. Er hatte keine Widerworte seines Enkels erwartet. Er zog eine Zigarette aus der Schachtel, die neben ihm auf der Bank lag, steckte sie sich in den Mund und entzündete ein Streichholz, dessen Flamme er behutsam mit den Händen vor dem Wind schützte und sie an die Zigarettenspitze führte. Der Wind erfasste den ausgeblasenen Qualm und riss ihn mit.

„Ja, die Fangquoten sind schlechter geworden, ich weiß", sagte er an den Enkel gewandt, „aber wir hatten auch früher schlechte Zeiten und haben uns immer wieder aus ihnen befreien können. Auch du wirst es können, wenn du nur willst. All deine Vorfahren haben mit geänderten Bedingungen kämpfen müssen, aber sie haben es immer wieder geschafft, das Schiff auf Kurs zu bringen. Denn es war ihre Berufung, ihr Leben und das ihrer Familien."

„Soll ich dir vorrechnen, wie sich unsere jetzigen Zeiten geändert haben?", fragte der junge Mann vorsichtig. „Hast du dir je angesehen, welche Kosten wir haben und welche Einnahmen? Mit jeder Fahrt, die du da hinausfährst, verlierst du Geld. Und bald wird dich die Bank fragen, wann du deine Schulden bezahlen willst. Und dann stehst du da und zeigst ihm die leeren Taschen, die du hast. Die Bank gibt dir keine Geld, wenn du die Tradition als Pfand hinterlegen willst."

„Aber, Junge", reagierte der Alte mit verzweifelt klagender Stimme, „das da draußen ist unser Leben. Dein Vater hat dich auf die Schule gehen lassen, damit du unseren Familienbetrieb wirtschaftlich führen kannst. Er hat dir auf See alles gezeigt, was du als Fischer und Seemann benötigst. Du weißt mehr als alle deine Vorfahren. Wenn es einer schafft, dann du."

„Ja, mein Vater hat mir viel beigebracht und ermöglicht. Aber eben das ist es auch, das mir zeigt, dass für uns als Fischer die Zeit vorbei ist. Glaub mir, Großvater, mir schmerzt es auch in der Brust, aber die Zeit ist nicht zurückzudrehen. Sie hat uns überholt. Wir mit unserer kleinen Klitsche passen nicht mehr in diese Welt. Wir hätten schon lange aufgeben müssen. Aber du und deine Tradition haben es mir schwer gemacht, es uns einzugestehen und dir zu sagen."

Der Alte seufzte, hielt sich an seiner Zigarette fest. Verbarg seine Emotionen hinter seinem starren Blick auf das Meer. Er sträubte sich dagegen, seinem Enkel recht zu geben, wenn die Tatsachen auch für ihn sprachen. Er aber wollte nicht der Letzte in der Familienkette sein, der die Tradition zu Grabe trug. Lieber wollte er da draußen sterben und von allem, was dann kommen würde, nichts wissen. Nein, er würde auch morgen und übermorgen und bis zum letzten Atemzug auf See hinausfahren, Fische fangen, sie anlanden und mit seiner Schwiegertochter auf dem Markt verkaufen. Das war seine Aufgabe. Er war derjenige, der den Menschen Meeresfrüchte brachte, dass sie etwas zu essen hatten und auch er und seine Familie davon leben konnten.

„Du solltest in Erwägung ziehen, das Boot zu verkaufen, solange du dafür noch Geld bekommst", hörte er seinen Enkel von Ferne sagen. Es versetzte ihm einen Messerstich ins Herz. *Verkaufen* echote es in seinem Inneren. Er hatte das Schiff von seinem Vater geerbt. Mit seinem Sohn hatte er es modernisiert. Radar, Echolot, neuen Diesel hatten sie einbauen lassen. Es war das modernst ausgerüstete Schiff der dörflichen Fangflotte. Vor drei Jahren waren sie in ein schweres Unwetter geraten. Er hatte das Boot gesteuert. Sein Sohn war an Deck, weil sich das Netz in der Winde verhakt hatte. Eine Sturzwelle hatte ihn von Bord gerissen und der Alte musste hilflos mit ansehen, wie sein Sohn in der aufgebrausten See verschwand. Das Schiff wurde hin und her geschleudert. Der Alte hatte versucht, in dem Gebiet zu bleiben, aber er hatte keine Gewalt über das Schiff. Es gab keine Möglichkeit, seinen Sohn zu retten. Es war die traurigste Heimkehr, an die er sich erinnern konnte. Aber das Leben musste weitergehen und so setzte er alle Hoffnung auf seinen Enkel. Der aber studierte noch in der entfernten Großstadt. Er sollte ja eines Tages für den Fortbestand des Familienbetriebes sorgen. Und nun entwickelte er sich zum Totengräber der Familientradition.

Sein Vater hatte ihm einmal erzählt, dass ihr Leben vom Mond bestimmt wird. Der sorge für Ebbe und Flut. Und wenn der Mond im Meer versinke, dann wäre alles Leben auf der Erde vorbei. Nun schien der Mond im Meer zu versinken.

Der alte Mann stand schweigend auf. Schnippte den Zigarettenstummel zum Strand und schlurfte wortlos davon. Die Rufe seines Enkels riss der Wind mit aufs Meer, wo sie ungehört verhallten.

Literatentreffen in Lappland

Lange hatte uns Karl in den Ohren gelegen, eine Winterreise ins verschneite Lappland zu unternehmen. Mit ein paar guten Freunden wollte er in einer zünftigen Blockhütte die Schneestürme über sich ergehen lassen und am liebsten mit einer Rentierherde über den zugefrorenen Inarisee ziehen. Wir hatten ihn immer mitleidig belächelt: Armer Irrer, der nicht genug Schwierigkeiten am Hals hat. Aber irgendwann in einer bierseligen Weinlaune – oder war es Whiskyrausch? – hatte er uns das Versprechen abgerungen, mit in den hohen Norden zu ziehen.

Damit nahm die Geschichte ihren Lauf. Mit einem unbändigen Eifer organisierte Karl die Fährfahrten, schimpfte wie ein Rohrspatz, dass die direkte Fährverbindung von Rostock nach Hanko und nicht von Travemünde nach Helsinki, wie in früheren Zeiten, führte, buchte uns ein Blockhaus irgendwo dort in der Wildnis und animierte Pekka Aho, einen finnischen Kollegen, mit von der Partie zu sein. Zugegeben, je näher der Reisetermin rückte, je mehr Abenteuerlust machte sich auch in mir und Alex breit.

Karl hatte uns mit seinem geräumigen Kombi, den er für den finnischen Winter präpariert hatte, abgeholt. Er erzählte uns von seinen früheren Winterfahrten nach Finnland, mit Spikesreifen, und bedauerte, dass diese in Deutschland nicht mehr erlaubt seien. In Finnland würden sie gute Dienste verrichten. Aber auch die neu aufgezogenen Winterreifen würden ihre Wirkung bringen. Zur Sicherheit hatte er Schneeketten, mit denen man sich dort oben aber lächerlich machen würde, eingepackt. Für Alex und mich bedeutete die Fährfahrt schon Abenteuer, vermittelte sie doch den Flair einer Kreuzfahrt. Karl allerdings nörgelte überall herum, pries die guten alten Schiffe, mit denen er früher nach Finnland gefahren sei, bis wir ihn zurechtstutzten und er einsah, dass dieses schnelle Schiff seinen Erinnerungen in Nichts nachstand. Dann konnte auch er endlich die Überfahrt genießen und wir hörten geduldig zu, wie er über seine Verbundenheit mit Finnland erzählte. Mussten immer wieder erfahren, dass ihm mal bei minus 43 Grad der von seinem Schwiegervater gebraute Alkohol eingefroren war und er die Wettfahrten auf den zugefrorenen Seen gegen seine finnischen Freunde stets verlor. In Hanko konnte er sich wieder nicht bremsen. Zu gerne hätten wir uns die erste Stadt, die wir in diesem Land zum ersten Mal betraten, angesehen, aber Karl hatte hier schlechte Erfahrungen gesammelt. Die Ofenfabrik, die hier ansässig war, hatte ihn in grauer Urzeit wohl betrogen, wie er erzählte, und daher wolle er so schnell wie möglich nach Helsinki, in die Stadt, die er über alles liebte. Dort würde er uns mit den Schönheiten vertraut machen und uns zu einer kostenlosen Stadtrundfahrt einladen, bevor es dann weiter aufs Land ging, wo wir auf Pekka Aho treffen sollten.

Karl hatte recht. Helsinki war eine schöne Stadt, die es sich lohnte anzuschauen, und da er eine Zeit lang hier gewohnt hatte, kannte er sich in Finnlands Hauptstadt bestens aus. Wir übernachteten in einem Hotel in der Nähe des Bahnhofes und fuhren am nächsten Morgen weiter. Über Nacht hatte es kräftig geschneit und in der Stadt waren die Schneeräumfahrzeuge unermüdlich damit beschäftigt, die Straßen von den weißen Schneemassen zu befreien. Auch über die Autobahn hinaus nach Kouvola blinkten immer wieder die gelben Warnleuchten der Räumlastwagen, aber die Hauptfahrspur war auch ohne Spikes einigermaßen zu befahren. Karl erwies sich als vorsichtiger und umsichtiger Fahrer, der kein unnötiges Risiko einging. So kamen wir wohlbehalten in dem kleinen Ort Anjalankoski an, in dem Karls finnischer Freund wohnte. Aus Karls Erzählungen wussten wir, dass es ein Schriftstellerkollege war, der in seiner Heimat unter verschiedenen Pseudonymen schrieb, aber ähnlich wie die meisten unserer Kollegen nicht davon leben konnte.

Pekka empfing uns freundlich aber reserviert. Es schien ihm peinlich zu sein, dass Karl sein Temperament nicht bremsen konnte und ihn freudig umarmte und an ihm herumschüttelte.

In seinem Haus mussten wir dann erst einmal Kaffee trinken und belegte Brote und Hefekuchen essen. „Das gehört sich hier einfach so", hatte Karl gesagt. Als wir dann aufbrechen wollten und Pekka aufforderten, sein Gepäck in Karls Auto zu laden, lachte er und zeigte auf Karls neue Winterreifen, auf die Karl doch so stolz war. „Willst uns alle umbringen", radebrechte er und sprach dann auf finnisch weiter, dass Karl uns auf Drängen verlegen übersetzen musste. Nein, Pekka wollte das Abenteuer Lappland im Winter nicht zu einem riskanten Wagnis werden lassen. Sein Kombi habe Spikesreifen und nur auf die würde er sich verlassen. Er öffnete seine Garage und fuhr seinen Wagen, auf dessen Dach eine lange Box befestigt war, hinaus. Dann luden wir unser Gepäck um, stellten Karls Wagen in Pekkas Garage und ließen Pekkas winkende Frau auf dem Hof zurück.

Die Tage in Finnlands Winter sind kurz und so dauerte es nicht lange und wir fuhren durch eine nächtliche Winterlandschaft, rechts und links dichte verschneite Wälder, vor uns das gleißende Scheinwerferlicht, das uns über eine teilweise festgefahrene Schneedecke einer endlosen Landstraße vorauseilte. Pekka und Karl wechselten sich mit dem Fahren ab, während Alex und ich abwechselnd als aufpassende Beifahrer fungierten. Irgendwann nachts kamen wir dann in irgendeinem Nest an, in dem Karl uns Hotelzimmer reserviert hatte, denn bis zu unserem Blockhaus war es doch zu weit. Wir aßen ein wenig, tranken ein paar Biere und ein paar Gläser Wodka und fielen dankbar in unsere Betten, um erst am anderen Morgen zum Frühstück uns wieder zu treffen.

Wir brauchten noch einmal sechs Stunden, um endlich weit jenseits des Polarkreises unser Ziel zu erreichen. Der Hausbesitzer, bei dem wir den Schlüssel abholen mussten, fuhr uns mit einem kleinen Schneeflug voraus, wahrscheinlich hätten wir die Hütte sonst nicht erreicht. Von dem See, an dem das Haus liegen sollte, war nichts zu sehen, nur weiße Schneewüste, hügelige mit spärlichen Krüppelkiefern bewachsene Landschaft. Und auch diese kleinen Bäume trugen schwer an einer dicken Schneelast.

Karl und Pekka teilten wie selbstverständlich die Arbeit ein, wobei ich mich erwischte, dass ich mich über das holprige Deutsch des Finnen, der schwer zu verstehen war, ärgerte. Aber dann schalt ich mich selbst einen arroganten Deutschen, der sich anmaßte, über die Sprachkunst anderer zu richten und der selber nicht in der Lage war, auch nur einen Brocken Finnisch zu sprechen. Ich schob meine schlechte Laune schließlich auf die strapaziöse Anreise zurück und befolgte gehorsam den Anordnungen meiner Reisegenossen.

Als wir endlich alles eingeräumt hatten, brannte bereits im Kamin ein Feuer und die Sauna war angeheizt. Pekka hatte es als seine Pflicht angesehen, für wohlige Wärme zu sorgen. Draußen herrschten minus fünfundzwanzig Grad und der Wind, der Schneeflocken vor sich hertrieb, wurde immer heftiger. Es hätte mich nicht gewundert, wenn plötzlich ein Eisbär an die Tür geklopft und um Asyl gebeten hätte, aber wie Karl mit spöttischem Mund versicherte, gab es hier noch keine Eisbären. Dafür war dann die Sauna um so heißer. Hundert Grad zeigte das Thermometer und das Feuer im Ofen flackerte seinen Lichtschein als einzige Beleuchtung durch den Raum. Die Hitze schnürte Alex und mir die Kehle zu, doch Karl und Pekka schienen jetzt erst so richtig aufzublühen. Sie tauchten Birkenreisige in die Wassereimer, beschlugen uns und sich damit und kippten eifrig Wasser auf die heißen Steine, dass Alex und ich schnell den Hitzeraum verließen. Aber wir wähnten uns zu früh in Sicherheit, denn kaum hatten wir uns von den ersten Schrecken erholt, scheuchten uns die beiden aus dem Haus hinein in das Unwetter und den Schnee, zwangen uns, uns im Schnee zu wälzen und trieben uns wieder hinein in die Hitze. Meinem ersten Grauen folgte ein wohliges Gefühl. Das war tatsächlich toll! Ja, es war die reinste Wohltat. Und nachdem wir diese Zeremonie wiederholt hatten, hing Pekka einen großen Ring Fleischwurst an den Lüftungsschieber des Schornsteins über dem Saunaofen. Gesprochen wurde, wie schon während der Fahrt hierher, nicht viel. Nur Prusten und Stöhnen erfüllte den Raum.

Nach der Sauna saßen wir vor dem Kamin, aßen die Fleischwurst und trocken Brot, tranken Bier und Wodka. Ich hatte das Gefühl, in einen neuen Körper geschlüpft zu sein, so erholt fühlte ich mich. Der Wodka löste Pekkas Zunge. Er redete für einen Finnen viel, versuchte auf Deutsch zu erzählen, aber dann fehlten ihm die Worte und er redete auf Finnisch weiter, ohne dass wir ein Wort verstanden. Wir nickten nur, kicherten und lachten, wenn Karl auch lachte, der sich nur ab und zu die Mühe machte, uns das Gesagte zu übersetzen. Das konnte eine unterhaltsame Woche in dieser Wildnis werden.

Zum Glück hielt uns das Wetter am nächsten Tag nicht in dem Blockhaus gefangen. Pekka und Karl animierten uns, die mitgenommenen Langlaufski unterzuschnallen und ihnen durch ein weißes, glitzerndes Meer zu folgen. Alex und ich ließen die beiden laufen, rutschten auf unseren Brettern unbeholfen hinterher, genossen es, wenn wir einen der sanften Hügel hinuntergleiten konnten und fluchten, wenn wir halsbrecherisch mit mehreren Stürzen den Hügel erklimmen mussten. Als Schreibtischtäter, die wir waren, atmeten wir auf, als wir wieder, abgekämpft und ermattet, in unserem Blockhaus die wohlige Wärme einer Elektroheizung genießen durften.

Nach dem Mittagessen fanden wir endlich Zeit, uns in gemütlicher Runde zusammenzusetzen, um uns über unsere Probleme und Sorgen als Literaten auszutauschen. Zogen her über diese Pseudoverleger, die nur noch wirtschaftliche Interessen verfolgten, die lieber ein bescheidenes Manuskript zum Buch verhalfen, das dem angeblichen Zeitgeist entsprach und damit einen wirtschaftlichen Erfolg versprach, als dass sie ein literarisch wertvolleres Manuskript verlegten, weil es die anspruchslosere Leserschaft überforderte und damit dem Verlag zu wenig Geld einbrachte. Oder wir philosophierten über unsere unsoziale Gesellschaft und Politik. Karl war von uns schon immer der Radikalste. Er wollte alle Politiker auspeitschen und als Sozialhilfeempfänger weiterleben lassen.

Ich hatte es mir da schon vor Jahren leichter gemacht. Ich las keine Zeitungen mehr, höchstens mal die kulturellen Seiten und Nachrichten, und Politik im Radio oder Fernsehen mied ich, wo ich nur konnte. Es brachte nur Verdruss, sich mit diesen Dingen zu beschäftigen. Dass ich mit meiner Literatur etwas ändern würde, hatte ich schon lange zu glauben aufgegeben. Alex schwankte noch. Er hatte die Hoffnung noch nicht gestrichen, war aber im Gegensatz zu Karl ein gemäßigter Pragmatiker, der die Dinge eben so nahm, wie sie kamen. Und Pekka schien zwischen allem hin und her zu wanken, jedenfalls wurde ich aus seiner selten kundgetanen Meinung nicht schlau.

So verbrachten wir die Tage mit Diskussionen, Skilaufen, angelten im Eisloch mehrere recht ordentliche Barsche und Hechte, die wir in der Pfanne brieten, dass das ganze Haus nach Fisch stank, und saunierten mit anschließendem Schneebad. Der letzte Abend sollte dann das ultimative Besäufnis werden. Karl hatte eine seiner exzellenten Single-Malt-Whiskys mitgenommen, eine Leidenschaft, die er auf uns übertragen hatte. Nach der Sauna und dem anschließenden Essen hatten wir uns vor den Kamin gesetzt. Pekka grinste schelmisch, als er die Flasche erblickte. Karls Adamsapfel bewegte sich aufgeregt hin und her. Das Geräusch des sich aus der Flasche lösenden Korkens ließ die Männerherzen höher schlagen. Karl schenkte jedem von uns in die hingehaltenen Gläser ein. Und je mehr Whisky aus dem Glas in unsere Kehlen floss, um so philosophischer wurden wir.

Karl stellte fest, dass das Verhältnis Frauen und Männer eigentlich auf einem Missverständnis beruhe. Er wolle unbedingt darüber noch einen Roman schreiben, denn Gott füge beide zusammen, um die Menschheit zu verbreiten und am Leben zu erhalten. Aber in der heutigen Zeit benutzten Frauen ihre Reize nur noch, um Männer vor den Traualtar zu zerren und sich sozial abzusichern. So wie sie gewollt oder ungewollt die ihnen vorschwebende Zahl von Kindern zur Welt gebracht hatten, verloren sie jegliches Interesse an geschlechtlicher

Auseinandersetzung. Beschwerten sich fortwährend, sie würden zu wenig Zärtlichkeit bekommen. Aber wurde der Mann mal zärtlich, bekamen sie Migräne oder andere Unpässlichkeiten, wehrten den Zärtlichkeitsversuch des Mannes empört ab, sagten ihm womöglich noch, dass er wohl nur das eine im Kopf habe und wandten sich ab.

Natürlich hatte der Mann nur das eine im Kopf, immer und unablässlich, behauptete Karl, wohl schon sichtlich vom hochprozentigen Schotten umnebelt. Und wo sollte er nun damit hin, mit seinem ihm angeborenen Trieb, der ihn geißelte und zu einem brodelnden Geysir werden ließ? Und ich lachte schon mit leicht schwerer Zunge: „Ja, aber in deinem Alter sollte der Geysir doch nicht mehr so viel Druck drauf haben."

„Richtig", lallte Alex, „ist doch alles nur noch heiße Luft."

„Und nimmt er sich eine Geliebte, dann ist er untreu und ein abscheulicher Verräter", sinnierte Karl weiter.

„Und macht er es sich selbst", radebrechte Pekka, „ist er auch ein Schwein."

Wie die kleinen Jungen, kicherten wir und prosteten uns in Erkenntnis dieser bewegenden Wahrheiten zu. Aber wir wussten uns keinen Rat. Was sollten wir so einem Mann raten? Man gut, dass es uns nicht so erging, auch wenn jeder verstohlen den anderen ansah und sich heimlich fragte, ob es wirklich das wahre Problem gestandener Männer war. So schwiegen wir gemeinsam. Karl schenkte Whisky nach und wir starrten in das Kaminfeuer und seufzten. Schließlich befand Alex, dass das ganze Leben sowieso aus Missverständnissen bestand. Ja, das ganze Leben sei ein Missverständnis. Warum verstünden wir zum Beispiel unterschiedlich, wenn etwas eindeutig gesagt wurde und wir dieselbe Sprache sprachen?

„Das habt ihr doch auch schon erlebt, oder? Da steht ihr in einer Runde, einer sagt etwas und ihr merkt, dass alle die eindeutig gesprochenen Worte unterschiedlich verstehen. Und dann steht man da und begreift nicht, wie der andere das Gesagte so anders interpretieren konnte."

„Ja, weil er in dem Moment das Gesagte in anderen Zusammen-hängen sieht oder etwas anderes erwartet hatte", interpretierte Karl und fügte hinzu, dass durch solche Falschinterpretationen schon Menschen sich für immer erzürnt oder getrennt hätten.

„Weil sie auch nicht in der Lage sind, sich in den anderen hinein zu denken, seine Denkweise verstehen zu wollen, weil sie ihr Brett vor dem Kopf nicht entfernen können", brachte ich in die Diskussion ein und sah auf Pekka. Der schwieg, vielleicht weil er nicht verstanden hatte, um was es ging, oder weil er schon abgeschaltet hatte. So wie bei allen anderen auch nach und nach das Verstehenkönnen abhanden kam. Da begnügten wir uns nur noch mit dem Whisky und schwiegen, starrten in das Feuer. Irgendwann war aber auch das erloschen und wir hatten nichts mehr, das sich lohnte, bestarrt zu werden. Da gingen wir ins Bett mit der Erkenntnis, dass eigentlich Männerfreundschaften die wahre Liebe beinhalteten, zu mal wenn sie sich auch noch schweigend verstanden.

Denn dieses Schweigen setzte sich am nächsten Tag fort. Trotzdem saß jeder Handgriff, wusste jeder, was er zu tun hatte, um das Haus von einer Männerwirtschaft zu reinigen, die Spuren einer Horde wilder Abenteurer zu vernichten. Wir beluden das Auto, gaben die Hausschlüssel ab und fuhren in einem dichten Schneetreiben wieder gen Süden. Vor Sodan-kylä wechselten wir die ersten Worte, beschlossen einen Halt zu machen, etwas zu essen und das Grab von Alariesto zu besuchen. Pekka wollte uns unbedingt Lapplands berühmtes-ten Maler und seine Bilder im Museum sowie die älteste Holzkirche Europas zeigen. Alex und ich konnten damit nichts anfangen, aber da Karl in Begeisterung ausbrach, er habe schließlich auch ein paar Bilder von Alariesto, die seinen Saunavorraum zierten, stimmten wir zu. Zum Glück hatte das Schneetreiben nachgelassen und zumindest Karl und Pekka konnten dem Besuch Sondankyläs etwas Erhebendes abge-winnen. Und mit so viel geistiger Nahrung schlugen sie dann auch noch vor, ohne Übernachtung nach Anjalankoski durch-zufahren.

Nun gut, wir haben es überlebt. Der raue finnische Winter hat uns nicht verschlungen. Jeder von uns sitzt wieder an seinem Schreibtisch, sinniert darüber nach, welche Erkenntnisse ihm diese Reise gebracht hat oder welchen Nutzen er daraus ziehen kann. Literarisch haben wir auf dieser Fahrt nichts Weltbewegendes geschaffen, aber doch, wenn man im Nachhinein darüber nachdenkt, tiefe Eindrücke erfahren, die für unser weiteres Wirken von Bedeutung sein können, sodass wir die Welt eines Tages vielleicht doch von Trugschlüssen befreien oder eben halt nur über vier Männer im Schnee schreiben werden.

Bitte warten!

„Oh, je!", da stand ich nun und wühlte in meinen Taschen, aber so sehr ich auch suchte, er wollte sich mir nicht zeigen.

„Tut mir leid", sagte der Zollbeamte und bat mich zurückzutreten, „ohne Pass kann ich Sie nicht durchlassen."

„Ja, aber ich find ihn bestimmt noch", flehte ich.

„Na, dann suchen Sie mal schön. Und wenn Sie ihn gefunden haben, können Sie sich ja wieder anstellen."

Kein Erbarmen. Ich fluchte innerlich, war schon nahe der berühmten 180. Da war ich extra frühzeitig von Zuhause abgefahren, um rechtzeitig einchecken zu können und einen Fensterplatz im Flieger zu ergattern - den hatte ich ja auch bekommen -, und nun dieses. Ich sah auf die Uhr. Noch fünfundvierzig Minuten bis zum Abflug. Nach Hause waren es bei normalem Verkehr 25 Minuten, zurück zum Flughafen also 50. Unmöglich, das konnte ich nicht schaffen! Aber dieser sture Beamte dort am Zollschalter wollte nicht mit sich reden lassen. Also raste ich los. Zunächst zur Bordkartenausgabe, bat, dass sie auf mich warten sollten, falls ich nicht ganz pünktlich sein sollte. Wartete die Antwort erst gar nicht ab und spurtete zum Taxistand.

Dort schilderte ich die Situation und bot dem Fahrer, einem jungen, langhaarigen Schlacks, hundert Euro Extragage, wenn er die Strecke hin und zurück in 30 Minuten schaffen würde. Der lachte nur: „Hundert Euro, Meister, so viel kosten mich mindestens die Bußgelder wegen Geschwindigkeitsübertretungen. Von den Punkten in Flensburg mal abgesehen."

Die Zeit tickte unaufhörlich dahin. „Zweihundert!", bot ich in meiner Verzweiflung.

„Dreihundert, dann können wir drüber reden", wurde der Bursche unverschämt.

„Zweihundertfünfzig!" Warum verhandelte ich in dieser Situation? Die Zeit lief davon!

„Steig ein!", kam die befreiende Antwort.

Ich warf mich auf den Beifahrersitz. Und ehe ich angeschnallt war, quietschten auch schon die Reifen und ich wurde in den Sitz zurückgedrückt.

Irgendwie bekam ich das Gefühl, der Junge hatte nur auf so ein Angebot gewartet. Endlich mal die Sau rauslassen zu dürfen und ohne Rücksicht auf Verluste durch den morgendlichen Verkehr zu preschen. Schon auf der Ausfallstraße stand mir der Schweiß auf der Stirn und mein Rücken fühlte sich kalt und nass an. Wahrscheinlich wäre es sicherer gewesen, sich nach hinten zu setzen. Aber dafür war es jetzt zu spät! In wilder Hatz raste mein Chauffeur über die Straßen, überholte mal rechts, ignorierte mal eine rote Ampel - mir blieb das Herz fast stehen - und kachelte mit Tempo hundertzwanzig bei erlaubten siebzig über die Bundesstraße. Angst um mein Leben mischte sich mit Angst um ein Verpassen des Fliegers. Und obwohl mein Fahrer alles aus seiner Kiste herausholte, hatte ich das Gefühl, viel zu langsam zu sein.

Nach achtzehn Minuten bremste das Taxi vor meinem Haus. Ich sprang hinaus, preschte ins Haus, war darauf gefasst, diesen blöden Pass nun noch suchen zu müssen - aber nein - da lag er stumm und unschuldig auf der Dielenkommode, wartete, wie mir schien, lächelnd auf seine Abholung. Ein Griff, ein Sprint und schon setzte sich das Taxi wieder in Bewegung. Ich schaute auf die Uhr. Entsetzen! Nur noch fünfundzwanzig Minuten, dann hob die Maschine ab.

„Meister, wenn du noch ne Schippe drauflegst, kriegste doch deine dreihundert", bettelte ich.

Der Bursche grinste nur und trat das Gaspedal bis zum Bodenblech durch. Nun saß ich hinten, da konnte mir nichts passieren! Ich hielt mich an sämtlichen Haltegriffen fest, die ich erreichen konnte. „Herr, bitte, habe Erbarmen, lass es uns schaffen!", flehte ich innerlich. Neben mir flog die Landschaft vorbei, quietschten unter mir bei waghalsigen Überholmanövern die Reifen und drohten draußen ob der rüden Fahrweise meines Kutschers wütende Autofahrer mit ihren Fäusten. Lange schon hatte ich das Gefühl, eine unwohle Ausdünstung zu verbreiten, für meinen Sitznachbarn im Flieger sicherlich äußerst unangenehm. Aber so weit waren wir noch nicht.

Das erste Foto wurde von uns auf der Einfallstraße geschossen, ein heller Blitz und ein derber Fluch meines Fahrers. Er sah seine Prämie verkleinert. Noch zehn Minuten! Wir näherten uns dem Flughafen. Zweiter Blitz! Quietschende Bremsen! Wir standen. Stau! Vor uns ein Unfall. Ich war der Verzweiflung nahe. Aber mein Fahrer hatte viele Krimis gesehen und kannte sich mit solchen Situationen aus. Kurzentschlossen lenkte er seinen Wagen auf den Grünstreifen und überholte die vor uns stehende Kolonne rechts. Noch sechs Minuten! Ich zückte mein Portemonnaie. Sch...! Nur zweihundert Euro drin! Was nun? Beichten und Visitenkarte, der Mann müsste Verständnis haben. Der Wagen stand, wir waren da.

„He, tut mir leid, aber ich hab nur zweihundert im Portemonnaie. Ich geb dir meine Visitenkarte und wenn ich wieder da bin, kriegste den Rest."

„Nichts da", wurde der Bursche laut, „entweder Bares sofort oder es setzt was!"

Also raus und im Spurt mit ihm zum nächsten Geldautomaten.

„Letzter Aufruf für den Passagier Patrizky für den Flug nach New York! Letzter Aufruf ..."

Ich hätte heulen können. Und nun stand da auch noch so eine lahme Oma vor dem Geldautomaten und war sich nicht schlüssig, was sie wollte. Ich schubste sie zur Seite, entschuldigte mich und steckte die EC-Karte in den Schlitz. Geheimzahl! Geheimzahl? Verflucht ... war das? ... Nein ... oder ...? Erste falsch! Neuer Versuch ... hurra, geklappt! Mach schon, nun mach schon, du blöde Kiste! Kaum hatte ich das Geld herausgezogen, knöpfte mir mein Taxifahrer auch schon seine Prämie und ein bisschen mehr ab. Egal, das war jetzt unwichtig. Ich preschte vor, vergaß alle Wehwehchen, die mich bisher am Joggen gehindert hatten, und erreichte außer Atem nach geglückter Passkontrolle meinen Abfertigungsgate.

Das mitleidige Lächeln der Blondine, die gerade ihre Sachen zusammenpackte, ließ nichts Gutes erahnen. Sie deutete achselzuckend nach draußen. Da sah ich ihn, meinen Flieger, wie er Geschwindigkeit aufnahm und ohne mich in die Lüfte abhob, aber immerhin mit meinem Koffer!

Kuddel kommt nach Haus

Hamburg ist das Tor zur Welt. Von hier aus kann man die Welt erobern, einfach die Elbe Richtung Nordsee und dann durch den Kanal hinaus in die Weite zu fremden Ländern. Davon hatte Karl Schimzock schon als kleiner Junge geträumt. Häufig war er an die Landungsbrücken geradelt, in die Speicherstadt oder durch den alten Elbtunnel hinüber in den Hafen. Auch am Elbstrand in Blankenese hatte er gelegen und sehnsüchtig den Schiffen elbabwärts nachgeschaut.

Sein Alter war auch zur See gefahren, noch bis in die sechziger Jahre für den Norddeutschen Lloyd. Hatte von seinen Abenteuern in der Südsee und Südamerika erzählt, aber auch immer wieder vom Knochenjob gesprochen, der am Aussterben war. Ausflaggung und Modernisierung machten den deutschen Matrosen überflüssig. So bestand er darauf, dass sein Sohn erst eine vernünftige Lehre an Land absolvierte und dann erst auf eines dieser modernen Containerschiffe anheuerte. Schlosser musste Karl, den alle Kuddel nannten, lernen. Kuddel hasste diesen Job, der ihn in stinkenden Werkhallen gefangen hielt.

Er wollte die raue Seeluft verspüren, oder das milde Klima der Südsee genießen. Kaum hatte er seine Lehre zum Schlosser beendet und die Volljährigkeit erreicht, packte er seine Klamotten und heuerte auf einem alten Stückgutfrachter an. Indien und China hießen die ersten Reiseziele. Und als er die Deutsche Bucht verlassen hatte, geriet sein alter Kahn, ein Restbestand der Nachkriegszeit, in einen Sturm, wurde von jeder Welle dermaßen durchgerüttelt, dass er um sein Leben bangte. Arbeitsunfähig war er, da er sich die Seele aus dem Leibe kotzte. Erst als sie den Ärmelkanal passierten und vom Atlantik durch die Straße von Gibraltar geschippert waren, beruhigte sich mit dem Mittelmeer sein Magen.

Aber anstatt schöne Landschaften zu beschauen, verbrachte er die Tage unter Deck im stickigen Bauch des Schiffes. Abends, wenn von der Küste nichts mehr zu sehen war und nicht mal der Mond die dunkle Meeresnacht erhellte, stand er an der Reling, atmete tief durch und träumte von der Sonne, gelben Stränden mit Palmen und einem grünen Meer, in dem er mit einer exotischen Schönheit badete.

Vom Suezkanal bekam er auch nicht viel zu sehen. Ein paar Mal war er an Deck gegangen, um sich doch wenigstens die Wüste einmal anzuschauen, aber immer befand sich das Schiff gerade von hohen Sanddämmen umgeben, so dass ein Blick in weitere Entfernung versperrt blieb. Und unten in den Laderäumen gab es für ihn so viel zu tun, dass er mehr als den halben Tag umgeben von Säcken und Eisen eingesperrt blieb und keinen blauen Himmel sah. So hatte er sich die Seefahrt nicht vorgestellt.

Als sie sich endlich Kalkutta, dem ersten Endladehafen näherten, gab es einen lauten Knall, das Schiff vibrierte wie vorm Zerbersten und der alte Schiffsdiesel verstummte für immer. Diese atemberaubende Stille verursachte Panik. Fluchtartig war die Mannschaft nach oben an Deck gehastet, bereit, sich mit den morschen Rettungsbooten absetzen zu lassen. Aber es passierte nichts. Das Schiff machte keine Anstalten zu sinken und die Offiziere verweigerten die Absetzung der Rettungsboote. So dümpelte ihr Kahn manövrierunfähig vor Kalkutta und dem Alten wurde von der Reederei verboten, fremde Hilfe in Anspruch zu nehmen.

Doch der Schiffsmotor war nicht mehr mit eigenen Mitteln reparabel und, wie sich später herausstellte, auch nicht mehr mit fremder Hilfe. So wurde von der indischen Behörde die Zwangsabschleppung veranlasst, da das Schiff eine Gefahr für andere Schiffe darstellte. Im Hafen wurde bekannt, dass die Reederei über keine Mittel mehr verfügte, also pleite war. Die Mannschaft war auf sich gestellt. Und das in diesem stinkenden Kalkutta, in dem Dreck und Elend Hand in Hand einhergingen, das für einen blutjungen Matrosen desillusionierend und beängstigend sein musste. Kuddel Schimzocks Traum von der christlichen Seefahrt nahm ein jähes Ende.

Statt an warmen Stränden mit einer exotischen Schönheit verbrachte er nun seine Tage mit Wanzen und Läusen in einem abgetakelten Hotel und der vagen Hoffnung, auf einem deutschen Schiff eine Rückpassage zu ergattern. Einige der Besatzungsmitglieder hatten sich auf eigene Faust abgesetzt und eh sich Kuddel versah, war er als einziger übriggeblieben, obwohl viele beteuert hatten, auf ihn aufzupassen.

Ein Mann weint nicht, hatte ihm sein Vater immer eingebläut. Nun aber lag er in diesem verwanzten Hotel, kein Geld und keine Hoffnung, und die ersten Tränen liefen über seine Wangen. Er sehnte sich nach Hause, zu Muddern an den Küchentisch oder ins saubere weiße Bett nach Altona, in diesen herrlich sauberen Stadtteil Hamburgs, in dem er seine Kindheit verbracht hatte, in die miefige Werkhalle, in der er seine Schlosserlehre absolvierte und nach Menschen, die hellhäutig waren und deren Sprache er verstand. Ja, er sehnte sich selbst nach diesem grauen, schmuddeligen Wetter mit Nieselregen und Windböen, die ihm das Haar auf dem Kopf zerzausten, konnte diese ewige Sonne nicht mehr ertragen.

Als er auch die letzte Rupie ausgegeben hatte und er seine Hotelrechnung nicht mehr bezahlen konnte, warf man ihn hinaus. So übernachtete er unter Kisten versteckt im Hafen, immer in der Hoffnung, endlich ein Schiff zu bekommen, dass ihn zurück nach Hamburg brachte. Drecksarbeit, Schietkleher, egal was, er hätte jede Arbeit angenommen, wenn er nur nach Hause kommen würde. Nach drei Tagen und Nächten erbarmte sich endlich ein heimwärts fahrender Däne, bei dem er anheuern konnte.

Wie genoss er den ersten Regen im Mittelmeer! Nachts um halb eins ging er an Deck, stellte sich in den niederprasselnden Regen, breitete die Arme aus und ließ sich bis auf die Knochen durchnässen. Und tagsüber schuftete er wie wild, als würde ihn ein Mehr an Arbeit schneller nach Hause bringen. Wie wohltuend der Schiffsdiesel brummte! Und er hörte in seinem Lied immer wieder das Wort: Hamburg, Hamburg, Hamburg. Als das Schiff im Hamburger Hafen festmachte, war Kuddel kaum noch zu halten. Er ließ sich auszahlen, rannte die Gangway hinunter und eilte hinaus in einen wunderschönen

Regentag Hamburgs. Jeder Regentropfen war ein Genuss, jede Pfütze, in die er latschen konnte, eine Wohltat. Zu Hause! Endlich wieder zu Hause, jubelte er. Und er verplante seine Tage, was er alles machen und besuchen wollte. Die Stadt neu erobern, sie umarmen und ihr seine Liebe gestehen. Ja, das wollte er machen.

Wie schön es doch zu Hause war!

Abgang eines Kajauklers

Mein Vater war ein großer Geschichtenerzähler, eben, wie man in Seemannskreisen zu pflegen sagt, ein Kajaukler. Denn ob die Geschichten immer so ganz der Wahrheit entsprachen, wusste nur er. Und er verkaufte uns seine Erzählungen für bare Münze. Nun hatte er auch viel erlebt. War nach langem Kampf mit seinem „Alten" endlich zur See gefahren, erst auf einem Hochseefischer, dann auf „große Fahrt". Hatte in zehn Jahren alle sieben Weltmeere bereist und fand das Ende seines Seemannsdaseins schließlich in Kriegsgefangenschaft auf Jamaika, wo er sieben Jahre, also die gesamte Kriegszeit über, in Gefangenschaft war.

Daraus ergaben sich viele Geschichten, die er vor allem sonntags, wenn er frei hatte und bei seinem Sonntagsfrühschoppen redselig wurde, uns Kindern vortrug, sodass wir schließlich die Pointen mit erzählen konnten. Wir kannten die Geschichte vom ausgehöhlten Schinken, als er auf Nachtwache dem Koch das Innere des Schinkens klaute, oder wie er fast von einem übereifrigen Offizier ins Gefängnis gebracht wurde, weil er nach einer Nachtwache an Bord in seiner Koje lag und auf den forschen Hitlergruß des Offiziers, der mit knallenden Hacken in seine Kajüte trat, antwortete: „Ja, ja, stell ihn man in die Rumpelkammer." Nur durch die Fürsprache des Kapitäns, bei dem er ein Stein im Brett hatte, entging er einer Strafe. Dafür haben sie dann in Gefangenschaft diesen Nazitreuen ordentlich vermöbelt, ihm deftig einen vom „heiligen Geist" gegeben. Auch kannten wir die vielen wehmütigen Geschichten von Argentinien, Chile und vor allem Patagonien. Es war ein geflügeltes Wort, dass er eines Tages nach Patagonien auswandern würde. Wobei Mutter und wir dann immer lachten.

Als sie aus Valparaiso ausliefen, brachte sie der Engländer auf. Sie hatten Zubringerdienste für die deutsche Kriegsmarine gefahren. Die Mannschaft wurde in die Rettungsboote beordert und sie mussten an Land rudern. Das ging den

Tommis wohl nicht schnell genug und sie schossen mit den Maschinengewehren über ihre Köpfe hinweg. Scholtissek, ein ganz ängstliches Bürschen, schrie dabei, weil er glaubte, getroffen zu sein: „Mi hoats, mi hoats!" Darüber amüsierte sich mein Vater noch, so lange er seine Geschichten erzählen konnte.

Über Kanada hatte man sie schließlich nach Jamaika gebracht. Dort wurden sie, wie er sagte, zwar gut behandelt, sie hatten im Camp alle Freiheiten, aber sie waren eben hinter Stacheldraht eingesperrt. In dieser reinen Männergesellschaft kamen sie natürlich auf dumme Gedanken, spielten sich gegenseitig Streiche, über die man dann später mit stolzgeschwellter Brust erzählte. Aber man vertrieb sich auch die Zeit mit Sport. Vor allem Fußball und Boxen. Mein Vater war laut seinen Erzählungen ein gewiefter Boxer, der es selbst gegen stärkere Gegner zum Camp-Meister brachte. Zu gerne hätte er auch mich im Ring gesehen. Aber mich zog es lieber aufs Fußballfeld.

Als er 1945 aus Gefangenschaft nach Deutschland zurückkam, fand er ein zerstörtes Land vor, das seinen „Helden" nur wenig zu bieten hatte. Für die sieben Jahre auf Jamaika erhielt er keine Entschädigung. Er war vierzehn Tage zu früh in die Heimat zurückgekehrt. Aber ein Freund aus früherer Zeit hatte ein Autohaus aufgemacht und gab ihm die Chance, als Tankwart zu arbeiten. Er machte schließlich das Beste daraus. War nun Tankwart mit ständiger Sehnsucht nach der Weite des Meeres. Aber mit der Seefahrt hatte er dann doch abgeschlossen, auch wenn ihn in bierseligen Stunden die sentimentale Erinnerung immer wieder in alte Zeiten zurückführte. Jamaika hatte seine Spuren in ihm hinterlassen, sodass wir ihn und seine Jamaikagetreuen immer als Jamaikasonnengeschädigte titulierten.

Seinen Schabernack trieb er auch an der Tankstelle weiter. Wo es sich ergab, spielte er seinen Mitmenschen Streiche, von denen er uns mit einem verschmitzten Lächeln erzählte. Trotz aller Lebensschwierigkeiten – wir hatten es nie üppig, meine Mutter musste als Verkäuferin mitarbeiten, um die Familie über die Runden zu bekommen – habe ich ihn nie verzweifelt oder neidisch auf andere erlebt. Etwas, das er auf mich übertragen hat. Er hatte sich schließlich mit seinem Leben arrangiert.

Als seine Frau, meine Mutter, aufgrund ihrer starken Demenz nicht mehr zu Hause gepflegt werden konnte, ging er mit ihr ins Altenheim. Wir waren schon am Überlegen, wie wir seinen neunzigsten Geburtstag feiern wollten, als meine Mutter von ihren Qualen erlöst wurde. Er blieb nach 52 Jahren Ehe alleine zurück. Und nun sank auch sein Lebensmut. Als er vierzehn Tage nach dem Tod seiner Frau in seinem Heimzimmer stürzte, machte er seinen letzten Scherz. Als eine Schwester ihn in seinem Zimmer unter dem Bett liegen sah und ihn fragte, was er da mache, antwortete er: „Sehen Sie doch, ich repariere das Auto." Er hatte sich einen Oberschenkelhalsbruch zugezogen, sodass man ihn ins Krankenhaus transportierte.

Ich war sofort dorthin geeilt und hatte ihn durch die Untersuchungen begleitet. Dann sollte ich ihm ein paar Sachen holen. Als ich wieder eintraf, wurde er gerade zur Operation gebracht. Wir verabschiedeten uns noch etwas spaßig, es werde schon alles gut gehen und morgen würde ich kommen, um ihn zu besuchen. Abends rief ich im Krankenhaus an, um mich nach dem Befinden meines Vaters zur erkundigen. Die Operation sei gut verlaufen, sagte man mir, er würde gerade von der Intensivstation auf sein Zimmer gebracht.

Eine Stunde später klingelte das Telefon und man teilte mir mit, dass mein Vater entschlafen sei. Er ist nicht mehr unter uns, aber seine Geschichten sind geblieben, und oft denke ich an Karl, den Kajaukler.

Kennen Sie Delmendaddel?

Was, Sie kennen Delmendaddel nicht? Diese wunderschöne Perle des Nordens, die ehemalige Industriestadt im Grünen. Ich bin hier geboren, aufgewachsen, zur Schule gegangen, habe hier geheiratet und lange gelebt. Auch heute wohne ich noch am Rande dieses denkwürdigen Städtchens.

Nun gut, mag sein, dass Sie von Delmendaddel noch nichts gehört haben. Aber Delmenhorst in Oldenburg ist Ihnen doch sicherlich ein Begriff. Und sehen Sie, das eben ist Delmendaddel, wie es von seinen alteingesessenen Bewohnern liebevoll, mit einem kleinen Unterton der Geringschätzigkeit, genannt wird. Meine Heimatstadt!

Es ist merkwürdig mit dieser Beziehung. Die Stadt ist keine Schönheit. Was einmal schön an ihr war – das Rathaus mit seinen Arkaden und der Markthalle, die alten Häuser der Langen Straße – hat man rigoros verschandelt oder platt gemacht. Sicherlich, das Rathaus wurde neuerlich verschönert und die Graftanlagen, der Stadtpark, sind immer noch einen Spaziergang wert. Aber was verbindet mich wirklich mit dieser Stadt? Was gibt mir in ihr das Gefühl von Heimat?

Mir geht es so wie Herbert Grönemeyer mit seinem Bochum. Auch in Delmenhorst findet nicht die große Welt statt, da klebt eher der Mief der verblühten Industrie und macht sich der Muff eines spießigen Kleinbürgertums breit. Und doch – dieser raue Charme einer Allerweltskleinstadt hängt einem wie Klebstoff an den Kleidern und lässt einen nicht los. Ausreißversuche sind zum Scheitern verurteilt, der Sog der Biederkeit ist stärker und holt die verlorenen Kinder immer wieder zurück.

Dabei kann ich nicht sagen, dass ich je Sehnsucht nach dieser Stadt gehabt habe – oder war sie doch im Unterbewusstsein vorhanden, ohne dass ich es bemerken wollte? Natürlich sind es die Erinnerungen an die Kindheit in dieser Stadt, die ich als kleiner Junge nach und nach erforscht habe, bis ich sie mit all ihren spärlichen Schönheiten und mannigfaltigen Normalitäten in- und auswendig kannte.

Mein Vater war hier schon geboren, damals 1911 in der Grünenstraße, die für meine ersten Kinderjahre auch zu meinem Zuhause wurde, mit den Familien der Brüder und der Großmutter unter einem Dach. Auf der Straße vor unserem Haus wurde ich als Dreijähriger von einem Auto angefahren, musste mit einer Platzwunde am Kopf und einer Gehirnerschütterung ins Krankenhaus. Noch heute sieht man die Narbe über meinem rechten Auge.

Mutter kam aus Hamburg, hatte ihren ersten Mann im Krieg verloren und brachte meinen Bruder mit in die Ehe. Wir waren eine Familie, die in diese Stadt passte, eine ganz normale Arbeiterfamilie mit all ihren Träumen und Hoffnungen und der Trauer nach den verpassten Chancen des Lebens. Und davon glaubten meine Eltern viele zu haben. Vater war vor dem Krieg zur See gefahren, war auf allen sieben Weltmeeren zu Hause und hatte wirklich etwas von der Welt gesehen, bis die Engländer ihn bei Kriegsausbruch vor der Küste Südamerikas mit seinem Schiff aufbrachten und für sieben Jahre auf Jamaika internierten. Davon war unser Leben geprägt – den immer wiederkehrenden Geschichten von der Seefahrt und Jamaika.

Und Mutter glaubte eh als Kriegerwitwe vom Leben betrogen worden zu sein, mit einem Kind, das den Vater verloren hatte und das seine eigenen Probleme mit dem Leben hatte. Aber all dieses verminderte nicht die Qualität meiner Jugend, vielleicht war es eher Ansporn für mich, mein späteres Leben selbst nach meinem Willen zu gestalten. Und die Basis für ein gutes Leben und zu einem anständigen Menschen haben mir meine Eltern bei aller Bescheidenheit ihrer Mittel mitgegeben. Düsternort – das hört sich schon dunkel an, ist aber der Stadtteil, in den wir nach drei Jahren Grünestraße zogen, und in dem ich die Weite und Freiheit einer unbeschwerten Kindheit genießen konnte. Hier hatte ich alle Möglichkeiten, meine Abenteuerlust und schier unerschöpfliche Spielphantasie auszuleben. Düsternort war ein eher dünn besiedelter

Stadtteil mit weiten Feldern und Wiesen. Hinter unserem Haus, in dem wir mit drei anderen Familien wohnten, war ein großes Getreidefeld, auf dem das Korn noch mit der Sense geschnitten, zu Bündeln zusammengebunden und aufgehockt wurde. Was für ein Spielfeld für uns Kinder!

Und dann waren da noch die Kartoffeläcker, auf denen wir mithalfen, die Kartoffeln zu ernten. Abends wurde dann das Kartoffelkraut angezündet und wir brieten auf Stöcken aufgespießte Kartoffel darin. Welch eine Köstlichkeit!

Zur Schule konnte ich quer über die Felder gehen. Viele Straßen gab es zwischen unserem Zuhause und der Schule nicht. Das sollte sich rasch ändern. Immer mehr Wohnblocks wuchsen aus der Erde, neue Straßen wurden auf ehemaligen Korn- und Kartoffelfeldern angelegt und schließlich durchschnitt der hohe Wall der neugebauten Umgehungsstraße der B75 unser Abenteuerrevier. So lange er sich im Bau befand, war er neues Terrain, das zu erobern galt. Im Winter mit dem Schlitten zur Rodelbahn degradiert und im Sommer Kampfplatz unserer wilden Cowboy- und Indianerspiele. Bis die ersten Autos rollten und uns auch dieser Spielplatz genommen wurde.

Dabei war mein Hauptspielfeld das, auf dem am jeweiligen Ende jeweils ein Tor stand, sei es aus Steinen oder Stöcken markiert oder als richtig ausgebautes Tor. Ich war ein Fußballfanatiker. Schon mit sechs Jahren bekam ich meinen ersten grünweißen Dress des SSV zu Weihnachten geschenkt. Damals noch mit den Ringelstutzen. Der Spiel und Sportverein war die Nummer eins in Delmenhorst. Und ich trug meinen Teil dazu bei, dass dieses zumindest bei den Jugendmannschaften auch lange Zeit so blieb. Erst als Stürmer, dann als unerschrockener Torwart, der sich in das Schlachtengetümmel warf und über tausend Arme zu verfügen schien. Bis zur Niedersachsenauswahl hatte ich es gebracht und so auch den Namen meiner Stadt repräsentiert.

Aber wie das im Leben so ist, wird der Junge zum Mann, so locken andere Dinge als das runde Leder. Mit meiner Hochzeit, vollzogen im Standesamt von Delmenhorst, endete mein Leben als aktiver Fußballer, ich hatte die Einsicht, dass es wichtigere Dinge im Leben gab. Dazu gehörte auch, dass ich meiner Frau in ihre Heimat folgte, die ich als meine neue Heimat auserkoren hatte. Das erste Mal in meinem Leben kehrte ich meiner Heimatstadt den Rücken, nabelte mich von ihr ab. Denn selbst meine Bundeswehrzeit absolvierte ich in Delmenhorst und war nach der Hälfte der Wehrpflicht aufgrund meiner Heirat zum Heimschläfer geworden.

Die Heimat meiner Frau hatte mich bereits beim ersten Besuch in ihren Bann gezogen. Ich war fasziniert von Land und Leuten, konnte mir nichts Schöneres vorstellen, als dort mein weiteres Leben zu verbringen. So besorgte ich mir eine Studienbescheinigung für die dortige Hauptstadt-Universität und konnte mit diesem Papier in der Hand meine Bundeswehrzeit vorzeitig beenden. Aber so sehr ich mich auch bemühte, neue Wurzeln in einer geliebten neuen Stadt zu schlagen, die Wurzeln wollten nicht tief genug geraten, meine neue Heimat wollte mich nicht für immer behalten.

Dabei hatte ich nie Heimweh nach der alten Heimat. Nur Wehmut bei dem Gedanken an meine Eltern, die dort weit entfernt wohnten und nicht verstehen wollten, warum ich mein Glück woanders suchte. Heute, zurück in der alten Heimat, verspüre ich Heimweh und Sehnsucht, wenn ich an meine Wahlheimat denke, wenn ich diese zu selten besuchen kann, und dann kann es schon passieren, dass ich sentimental werde und ein Tränchen verdrücke. Mit Delmenhorst ist mir das noch nie passiert.

Und doch bin ich wieder hier, in Delmendaddel, oder zumindest in seiner näheren Umgebung. Aber fast jeden Tag bin ich „in der Stadt", weil es dort etwas zu erledigen gibt. Das Stadtbild hat sich enorm verändert. Viele der ehemaligen Industrien sind tot. Auf der ehemals stadtprägenden „Wolle" ist jetzt ein Industriemuseum. Meinen Fußballverein gibt es schon lange nicht mehr – er ging wohl mit meinem Karriereende unter. Und die Felder und Wiesen meiner Kindheit sind zubetoniert.

Die Grundschule in Düsternort hat sich verändert, auch wenn sie immer noch steht. Die Realschule an der Holbeinstraße hat ihr Gesicht kaum verändert. Ebenso der Wasserturm, der das Stadtbild Delmenhorsts prägt. Er ist heute nur vom Efeu befreit und in einem freundlicheren Grau. Ansonsten blickt er nach wie vor auf diese Stadt herunter, scheint dem ganzen Treiben mit Gelassenheit zu begegnen und die gehenden und zurückkommenden Schäfchen zu zählen.

Hat vielleicht auch mich in Erinnerung, den echten norddeutschen Jung, der zum Leben die Nähe des Meeres und diese Kleinstadt braucht. Der nicht in ihr, aber auch nicht ohne sie leben kann, der diese Stadt auf seine Weise liebt, weil sie ihm Heimatort und Zuhause ist, auch wenn sie keine wirkliche Schönheit ist.

Aber so ist das Leben eben. Die Schönen werden von vielen geliebt, die Normalen aber haben das Privileg, wahre tiefe Gefühle ohne großes Theater erleben zu dürfen. Die Verbundenheit hält ein Leben lang an.

Über den Autor

 Erwin Plachetka wurde 1948 in Delmenhorst geboren. Nach einer kaufmännischen Ausbildung und anschließender Bundeswehrzeit zog er mit seiner finnischen Frau, mit der er seit 1970 verheiratet ist, nach Helsinki, wo er bis 1971 lebte und die finnische Sprache erlernte. Nach Deutschland zurückgekehrt, arbeitete er zunächst als kaufmännischer Angestellter in Hamburg und Bremen und machte sich dann mit einem finnischen Partner selbständig, baute einen Vertrieb für finnische Blockhäuser und Saunas auf. Ab 1983 arbeitete er in Bremen als Leiter kaufmännischer Vertriebsgruppen, zwischendurch erlangte er auf dem zweiten Bildungsweg die Fachhochschulreife für Germanistik.

Den ersten Gedichtsveröffentlichungen 1967 folgten zahlreiche Kurzgeschichten, Essays und Glossen, von denen etliche in Zeitungen und Zeitschriften veröffentlicht wurden. Er absolvierte ein Fernstudium für Prosa und Lyrik. Den ersten Romanversuchen folgten zehn abgeschlossene Romane, unzählige Gedichte und Songtexte für die Sänger Werner Johannes Duczek und Christian Singer, weit über hundert Kurzgeschichten und zwei Drehbücher. In seinen Erzählungen verarbeitet Erwin Plachetka häufig seine innige Beziehung zu Finnland und seinen Menschen. Er lebt heute in der Nähe von Delmenhorst/Ol. als Autor und Verleger.

Beachten Sie bitte auch diese Bücher:

Rattenerbe
Roman
Erwin Plachetka
Hardcover mit Schutzumschlag
360 Seiten
ISBN 978-3-740793-54-8

Hans Lehmann wird durch die Einladung zu einer Testaments-
eröffnung aus seinem beschaulichen Leben gerissen. Denn
sein als tot geglaubter Vater ist nach Kriegsende als ehema-
liger SS-Offizier über die „Rattenlinie" nach Argentinien
geflüchtet, wo er durch Rinderzucht ein Vermögen erwirt-
schaftet hat. Nun will er nach seinem Tod seinem Sohn einen
Teil als „Entschädigung" vermachen, knüpft dieses aber an
Bedingungen. Sollte er diese nicht erfüllen, wird den Erbteil
eine rechtsgerichtete Organisation erhalten. Hans Lehmann
will mit den Neonazis nichts zu tun haben, ihnen aber auch
die im Testament aufgeführte Summe nicht überlassen und
sieht sich ab da in einen Kampf um die Hinterlassenschaft
hineingezogen, der ihn um sein Leben bangen lässt.

Erwin Plachetka baut in seinem Roman Rattenerbe einen
Spannungsbogen auf, der von Anfang an Neugierde erweckt und
dem Leser in einen indizierten Handlungsstrang einbindet. Man
wird Teilnehmer einer Geschichte, die reale Wahrnehmungen mit
fiktiven Sequenzen in ein Verwirrspiel integriert, sodass der Leser
das Gefühl hat, von Anfang an zugleich Beobachtender und Mit-
fühlender zu werden, dadurch motiviert ist, nachfolgenden
erzählerischen Details nahe zu sein und er damit dem roten
Faden des Romans beeindruckt zu folgen vermag. Der Autor
versteht es, einen anspruchsvollen historischen Konsens in einen
erzählerischen Ablauf gekonnt einzusetzen. (Dr. Werner Seibel)

LEMI
Roman
Arno Werth
Paperback   258 Seiten
ISBN 978-3.945441-31-2

Tauno Virtanen verlässt nach über 40 Jahren Deutschland, um in seiner Geburtsheimat Finnland Abstand von den Geschehnissen der letzten Zeit zu gewinnen. Er fühlt sich als Deutscher mit finnischem Pass, aber der Tod seiner Frau Sylvia und der Wandel in der politischen Landschaft Deutschlands ziehen ihn zurück zu seinen Wurzeln.

Mit seinem Hund glaubt er in der Abgeschiedenheit seines Hauses am See, in der Nähe seines Geburtsortes Lemi im Südosten Finnlands, Ruhe und inneren Frieden zu finden. Aber Vergangenheit und die sich veränderten Verhältnisse lassen ihn nicht den gewünschten Seelenfrieden finden. Im Gegenteil, er wird durch dramatische Ereignisse in die größte Krise seines Lebens gezogen.

LEMI ist ein fiktiver Roman, der es an Realität nicht vermissen lässt. Wirklichkeitsnah, romantisch sentimental und doch spannend und voller Dramatik.

Ein sprachlich feines Buch, unterhaltsam und packend, mit viel Stimmung im Text. Wirklich schön zu lesen, man will es von vorne bis hinten sofort packen, aber besser, man spart sich das Werk in zwei Teilen auf. Einmal Nachdenken über die Dinge gibt viel mehr. Handlungsverlauf und Milieuschilderung sind so genau und realitätsgetreu, dass selbst ich als Kenner des Landes davon begeistert war. Habe eine ähnliche Vita wie der Verfasser, kann echt mitfühlen, wie der Romanheld seine Existenz anzweifelt.

Sehr empfehlenswert, auch für Nichtkenner des finnischen Milieus. M.R-R hätte vielleicht gesagt: das ist Literrrraturrrr die unter die Haut geht.

von Dr. Bernd Liller

Die schlaflosen Nächte des Anton B.
Roman
Erwin Plachetka
Paperback   152 Seiten
ISBN 978-3-925580-13-0

Anton B. ist Journalist an der Kleinstadtzeitung seines Heimat-ortes. Er lebt mit der katholischen Flüchtlingstochter Ilse in wilder Ehe. Durch seine extreme politische Anschauung schafft er sich Feinde und verliert seinen Job und seine Lebenspartnerin. Er emigriert nach Helsinki, seiner Stadt, um dort in Ruhe schreiben und leben zu können. Aber die Vergangenheit bereitet ihm immer wieder schlaflose Nächte. Und eine fremde Frau beunruhigt ihn durch ihre Briefe. So deutet sich eine Traumzerstörung an, die den tragischen Helden seine Welt verlieren lässt.

RATATATA
oder
Kratschmanian - wehe wenn der Winterkommt
Roman
Erwin Plachetka
Paperback   174 Seiten
ISBN 978-3-925580-12-3

Kratschmanian symbolisiert die Generation der Verlorenen, die sich im Leben nicht zurechtfindet. Unentschlossen und ohne Ideale irrt er durch sein Leben, tingelt von einem Job zum anderen. Seine Unstetigkeit sieht er in seinem Geburtsort, einem Reichsbahn-waggon, begründet. So findet er sich auch immer wieder auf Bahnhöfen und im Milieu wieder. Ein turbulenter Roman, der den Leser mit auf eine Achterbahnfahrt nimmt.

Silberjubiläum
Roman
Erwin Plachetka
Paperback   242 Seiten
ISBN 978-3-940554-18-5

Drei ehemalige Schulfreunde treffen sich in Katwijk/Holland, um Lebenserfahrungen auszutauschen. So begründen sie jedenfalls gegenüber ihren Ehefrauen, die sie mitgenommen haben, ihr Treffen. Sie wollen ein Versprechen einlösen, das sie sich vor fünfundzwanzig Jahren gaben. Jedoch wird sehr schnell deutlich, dass der vorgegebene Grund nur ein Vorwand ist.
Der Roman schildert in beklemmender und spannender Weise die Auseinandersetzung von drei grundverschiedenen Männern, die mit ihrer Schuld unterschiedlich umgegangen sind und auch nun Schwierigkeiten haben, sich ihrer Schuld zu stellen. Der Leser wird unweigerlich in die Abgründe menschlicher Tragödien gezogen.

Detektiv Plotzke und der Lockenlude
Detektivroman
Erwin Plachetka
Paperback   178 Seiten
ISBN 978-3-925580-22-2

Detektiv Plotzke, ein Kerl wie ein Grashalm aber zäh und unerschrocken, hat lange keinen Auftrag erhalten. Da bekommt er an einem Tag gleich zwei. Er soll die Tochter eines reichen Fabrikanten suchen und er soll den Mann seiner Klientin bei der Geldübergabe einer Erpressung unauffällig beschützen. Bei der nächtlichen Geldübergabe wird der Mann seiner Auftraggeberin erschossen. Plotzke gerät in Verdacht, der Mörder zu sein. Zu allem Überfluss legt Plotzke sich auch noch mit einem russischen Zuhälter an. Von nun an ist sich Plotzke seines Lebens nicht mehr sicher.

Detektiv Plotzke und
der Sog des Bösen
Detektivroman
Erwin Plachetka
Paperback   220 Seiten
ISBN 978-3-925580-29-1

Nur fünf Minuten - na, ja, vielleicht auch zehn - hat Benno Plotzke den von ihm zu beschattenden Mann aus den Augen verloren und schon findet er diesen in einer Blutlache liegend auf der Straße wieder. Tot! Schnell bekommt der Detektiv heraus, dass sich der scheinbar biedere Tote mit der albanischen Unterwelt angelegt hat. Warum aber musste er sterben? Fragen über Fragen, die Plotzke in den Sog des Bösen hineinziehen, sodass er wieder einmal um sein Leben bangen muss.

In seinem zweiten Fall kämpft Benno Plotzke in gewohnt charmanter, amüsanter aber auch spannender Art und Weise gegen das Böse, bekommt die obligatorische blutige Nase und muss sich auf verschiedenen Schauplätzen zugleich durchsetzen.

Detektiv Plotzke und
der verfluchte Glücksbringer
Detektivroman
Erwin Plachetka
Paperback   188 Seiten
ISBN 978-3-940554-37-6

Ein scheinbar leichter Auftrag entpuppt sich für den Bremer Privatdetektiv als gefährliches Abenteuer. Er soll für seinen Auftraggeber den vermeintlichen Glücksbringer wiederbeschaffen. Doch als er das Objekt der Begierde ausfindig macht, klebt Blut an ihm und eine Leiche liegt daneben. Und Plotzkes Klient spielt auch ein falsches Spiel und bringt ihn in höchste Gefahr. Dazu bereitet ihm Oleg, der ukrainische Zuhälter, massive Schwierigkeiten. So steckt Benno Plotzke mal wieder in vielerlei Problemen, die es gilt, mit List und Ausdauer zu meistern.

SAANA
Geschichten einer deutsch-finnischen
Beziehung
Erwin Plachetka
Paperback   132 Seiten
ISBN 978-3-925580-16-1

In 23 Erzählungen, Kurzgeschichten und Essays spiegelt der Autor finnische Landschaft, Menschen und Lebensweisen wieder. Ob Geschichten aus Helsinki oder der Weite finnischer Wälder und Seen immer schimmert die tiefe Verbundenheit des Autors mit diesem Land durch. In liebenswerter Weise werden Menschen charakterisiert oder mystische, surrealistische Geschichten erzählt. Für Finnland-Kenner ein Lesemuss, für andere der Beginn einer neuen Freundschaft.

FRÄNK
und andere Erzählungen
Erwin Plachetka
Paperback   60 Seiten
ISBN 978-3-940554-42-0

In den Rocky Mountains gibt es viel zu entdecken. Da steht plötzlich Franz von Assisi als Skulptur. Sie nennen ihn da nur Fränk. Und hoch oben auf einem Bergplateau bekommt man das Gefühl, als höre man den Totengesang des sterbenden Navajo- Häuptlings. Da sind aber auch die alltäglichen Dinge, die es wert sind, erzählt zu werden. Das Problem mit einer Verkehrsampel oder die Rache eines Idioten und die Dramatik des Musikers mit dem ersten Ton. Auch Hasen, die sich bewaffnen, um gegen die Jäger sich zu verteidigen, kommen zu Wort. Und ebenso dramatisch wird es, wenn dem Lockruf des Meeres nicht widerstanden werden kann.

EPLA-Verlag

Am Teich 9
27777 Ganderkesee
tel.: 04221/850143
E-Mail: EPLA.Plachetka@t-online.de
www.epla-verlag.de

Internet-Buchladen:

www.epla-verlags-buchladen.de